人魚之夢

馬卡
——著——

蝴蝶飛呀！就像童年在風裡跑

感覺年少的彩虹　比海更遠　比天還要高

蝴蝶飛呀！飛向未來的城堡

打開夢想的天窗　讓那成長更快更美好

——小虎隊《蝴蝶飛呀》

推薦序　誰都有好幾個世界，唯愛能貫穿

劉黎兒

這是當代的悲慘世界、新的悲慘世界，悲慘到當事人的女主角只能靠幻想、靠海王國這樣的別世界才能活下去，或許這是人的本能，當人被逼到極限時，就會生出別的世界來讓自己安身立命，否則活不下去，讓人自動能跳過那結界，跳躍到另一個世界，幻想或多重人格是人活下去的安全裝置，像是保險絲般，讓人入魔而不會走火喪生！

在幻想世界裡，才有親情等人原本很容易獲得的基本愛情，以及活下去需要的物質條件，或高不可攀的社會地位，這是在底邊偷生的人的本事、特權，或許許多作惡多端的人在良心遭譴責時，也只好躲到別的世界去。

現代生活的確越來越不容易，生活在社會底邊的年輕人或未成年人越來越多，需要別的世界的人越來越多，普通人也不例外，即使現實生活溫飽沒問題，也有許多精神上的暴力、壓力，或許只有一個世界還不夠，需要好幾個世界，讓自己可以躲藏，就像是迴避世間轟炸的防空洞，否則承受不了；人需要好幾個面目，尤其人間弱者的女人，常遭遇許多困境，原本就是變化多端的，但也有人狠心地想戳破別人的幻想泡沫。

這也像許多現代人，長年潛水在網路世界，只用化名浮出來，而且有好幾個化名，男人化成女人，女人化成男人，扮演很多不同的自己，許多人也坦承活在現實社會的自己是假的自己，活在網路世界的自己才是真實的自己，或許因為在網路這樣的海王國裡，人更為自由奔放，享受更多的平等，或許虛擬世界才是理想世界。

但另一方面男女愛情或同志愛等如此恍惚不定的玩意，似乎只有在現實世界裡才有，因為愛的驅使，主角只好往返於兩個世界，有時不得不去面對不想面對的現實；就像晨間初醒時，夜夢的餘韻還在，但約略是清醒的；但另一方面，因為常在現實與幻想之間來來去去，也會逐漸分不清什麼才是現實、什麼才是幻想，而且幻想更為美妙，想多停留在幻想世界，乾脆不要回到現實才好，因為現實太殘酷了。雖然主角是14歲女孩，其實任何人都跟她差不多，大家都以為自己會成長，但其實人即使到老也成長有限，甚至越活越會幼稚的。

以遊民為主題的小說越來越多了，但大多是直接描寫，如福澤徹三的《東京難民》等，看了心情卻來越沉重，愛情越來越淡薄，而且不重要，不像馬卡，絕不廉價搏淚，而是透過幻想與現實交錯，甚至是重層多歧的剝繭，藉著高明經營的小說懸疑性，讓女主角的美麗世界可以持續進展下去，讓她可以有喘氣的機會，即使是14歲少女的愛情，也會想為她祝福，也讓人覺得有幻想的人總比沒幻想的人好。

馬卡把自己非洲經驗等都加入，看來像是虛假的，但世間事許多看來像是假的才是真的，而許多看來像是真的，反而是假的。馬卡文筆依然細膩精準，沒有贅字，而且詼諧，即使如此悲慘，也總有讓人噴飯的絕句。

馬卡小說，每次都讀來輕鬆，但總蘊含許多哲學性的議題，真實與虛幻外，還有什麼算是紀實？什麼算是小說？世人居然相信有紀實小說這樣的玩意；天才與白痴都是常人難以理解，怎麼分辨？愛情真的沒正解，且如此脆弱嗎？只是一則不完全的簡訊就能摧毀的嗎？人是否不斷在利用愛自己的人？人喜歡知道活在社會底邊的人的故事，是同情還是想理解社會真相，抑或藉著消費悲慘而感受自己的幸福的幸災樂禍？

我也喜歡馬卡對於現實社會的觀察與描述，如追擊手法無情荒謬的媒體、老靠身邊親愛的人的悲慘當踏腳石的女作家、用T衫圖案來凸顯認同的現代圖騰慾望、跟別人說明一件事的困難、人不如狗嬌貴而甚至想偷吃狗食等等，名為小說家的日常、甚至還有對珍珠奶茶的愛好，或許是像我這樣長年居住國外的人最能體會的；台灣新聞記者協會的確曾發行《目擊者》刊物（後改為電子報），幸好是以目擊歷史為己任，沒有煽腥化，但或許任何人都不應輕信自己目擊的，看到的只是一種幻象，真實是在更為深層的，但捉摸不定的愛情卻貫穿各個不同世界，只要存在就能感覺到的。

馬卡有陣子沒發表小說了，讓我很擔心他不寫了，接到聯絡時，驚喜萬分，讀了之後有無法言喻的震撼與滿足感，也覺得這樣的小說家應該讓他能有繼續專心寫作的環境才行，讀馬卡是第一步！

y1.防空洞、海灘、脫皮狗

第10天　夜晚

這當下，我們肚子都鼓鼓的，不過阿郎依然專注的烤著肉。

阿郎真的超壯哦，從他身後望去，你會以為自己看見熊。不過年屆五十的他，個性卻不像熊，不僅脾氣超好，也非常照顧小傻跟我。然而在遇到阿郎以前，小傻跟我都在外流浪，過著餐風露宿的日子。直到有天，我們在街上閒逛，瞧見一隻在豪華房子屋簷下吃飯的大狗，牠吃得津津有味，看得小傻跟我口水直流。小傻於是慫恿我去偷狗飯，才剛得手，卻被阿郎揪住。他一手按住我肩膀，對我搖頭。我以為他是狗主人，打算找我們算帳，本想咬他，而後趁機帶小傻逃跑。沒料到，他竟如泰迪熊一般露出溫暖笑容，並問我們是不是餓了，小傻跟我連忙像搗蒜似的點起頭。阿郎就領我們到一處神秘防空洞，並招待我們一餐。吃飽後，他女朋友淑麗跟好友阿炮便問我們打算上哪去，我們聳聳肩，表示無處可去，他們於是邀我們加入他們的防空幫，並讓我們免費入住這溫暖的防空洞。

但防空幫的另一成員三八花直說我倆年紀太小，跟他們遊蕩，會有問題。淑麗跟阿炮原本贊成我們加入，卻因胡說瞎說的三八花而轉念，甚至打算讓我們找社會局咧！誰想投靠那鬼單位啊！幸好後來阿郎力挺，我們才得以繼續待在防空洞，要不，小傻跟我可能還在外頭餓肚子呢！

在小傻跟我獨力流浪的日子裡，我們逗留過很多地方，例如有很多同性戀的公園啦、政府蓋的蚊子館啦、又或者聚集很多流浪漢的火車站啦等，但那些地方都比不上這裡，防空幫所在的防空洞可謂得天獨厚，隱密、舒適不說，三分鐘腳程外，就是一片海灘，美得不像話！

烤肉這件事很奇怪，一旦吃飽，就會打瞌睡。也許是因木炭燒著，氧氣比較少吧。我看大家雙眼都瞇成一條線，似乎就要睡著。

此時，阿郎說：「阿香，我們都很想知道妳跟弟弟的背景，趁這機會，跟大家談談好嗎？」

「我上回打算說，」我說，「但你們又不肯相信，對不對，小傻？」

可是小傻不發一言，因他已睡著，還打著呼呢。

「妳說自己是熱帶魚，來自海王國，又說自己是公主……那些狗屁倒灶的鳥故事，誰信啊？」三八花說，「我們雖是遊民，但一點也不笨啊。」

「去妳的，三八花，妳少囉唆！」我說，「誰說大家都不信，淑麗就信啊，對不對，淑麗？」

但淑麗彷彿也不太挺我，僅露出微笑而已。

防空幫的大家一直好奇小傻跟我的背景，但我跟他們說，他們又不信。不知何故，人類總很難相信我們……

是啊，我是一隻熱帶魚，我的名字叫阿香。

我是貨真價實的熱帶魚哦，但很多人都不信，或以為我以譬喻方式形容自己是熱帶魚。不是啦，我真是一隻熱帶魚。不過我目前已非熱帶魚，而是人類，但基本上還是熱帶魚，只是「變成人類」而已。但很多人就是不願相信（我看一眼防空幫的成員），或以為我精神不正常，是個瘋婆娘。

「妳本來就是個小瘋婆娘！」三八花嬉笑說，「哪有人說自己是魚的！」

「去妳的，死賤人！」我瞪她一眼。

「三八花，請注意妳的語言！」淑麗說。

「就是！」我說。

「阿香，妳也是，別老出言不遜。」淑麗說。

三八花對我做起鬼臉。

（算了，我們別理三八花！）總之，我絕非騙人精，我真是熱帶魚，來自海王國，且是公主。所以想當然爾，我父親就是海國王。整個海洋可都是他管的哦。

對了，我父親是一隻海龜哦，三百多歲了。

「妳是熱帶魚，妳父親卻是海龜？」三八花質疑我。

（我看三八花一眼，我討厭她那質疑的樣子）是啊，我父親是海龜沒錯。他因是同性戀，所以未結婚。但他不能公開出櫃，畢竟我們那裡保守得要命。他對外的說法是，他過去曾戀上母熱帶魚，後來她因難產而死，最終就剩我這女兒。然後我又多個弟弟，他是螃蟹，名喚小傻（正是睡我旁邊的這位小朋友啦）。當然，那是因他另個女朋友是螃蟹，而那可憐母螃蟹也落得相同下場，生下小傻後便死去。基本上，為避免自己同性戀身分暴露，他什麼謊都扯得出來。

你們知道，熱帶魚壽命大概只有十多年，父親擔心我會突然死掉，於是千里跋涉帶我去拜訪他的前男友「章魚巫師先生」。

住偏遠大峽谷的章魚巫師先生長得非常醜哦，比〈海綿寶寶〉裡的章魚哥還醜。坦白而言，我也難以理解父親竟曾跟他交往，不過父親本人其實也很醜就是。

反正呢，章魚巫師先生讓我喝下一種非常難喝的飲料，黑色的，且氣泡很多。他說，那是可樂，喝了可會讓我很樂。可是他騙人，我根本沒很樂，只不斷打嗝。不知歷經幾次嗝後，章魚巫師先生便宣布，我已擁有五百年壽命。

是真是假？我也不清楚，畢竟我尚未活到五百年。

那關於我的身世？

其實我幾乎一無所悉。只知我親生父母被人類給抓到叫越南的地方，且被置入方形透明箱子裡。聽說日子過得算愜意，常能吃到一種圓形美食。但他們現應已死了，畢竟我已十四歲了。

「若妳真是熱帶魚，為何來人類世界？」阿炮問。

（這問題問得好！）基本上，人類世界對我們而言，是個可怕至極的地方。常有關於人類惡毒的傳言在我們那散布，例如人類很貪吃，什麼魚都吃，就連噁心的海膽也吃呢！但我卻認為還好啦。我們那裡的鯊大哥不也如此？世界隨時都有殺戮，我們也管不了那麼多。

說到鯊大哥，其實他們是一群好人，只要你跟他們保持距離就好。

怎麼說呢，他們好像一群你知道的，善良的強暴犯。儘管善良，卻因無法控制欲望，才會經常不慎傷害別人。像上回我跟鯊大哥志鴻在SKYPE上聊得很投機，他直說想見我，但我擔心他見了我，會一口把我吃掉。但他拍胸脯保證不會。我感覺他十分誠懇，故答應跟他約會，並約在怡于咖啡館。

志鴻抵達時，把自己偽裝成海豚，甚至在背上寫著Dolphin，讓我想起〈鯊魚黑幫〉裡的藍尼。可憐的他一定得這麼做，要不可會把大家給嚇得屁滾尿流。

我們各點一杯海草汁。接著他跟我侃侃而談，包括他很討厭自身鯊魚身分，又說他很排斥殺生，甚至曾吃素一陣子，可是後來身體出問題，所以只好又吃葷。

「其實，我根本不想當壞人……」他哀怨十足的說。

「你真可憐。」我說，「我很同情你。」

志鴻與我相繼嘆口氣。

志鴻喝口海草汁，接著跟我聊到他家。他說他父母過世了，據說被人類給抓走，並被宰來吃，連骨頭都不剩了。

「人類真那麼可怕哦……」我說。

他點頭。

「所以你現在是孤身一人？」我問，「寂寞嗎？」

他又點頭，一副泫然欲泣模樣。我對他深感同情。

「但至少現在有我陪你啊。」我說，並遞給他一張面紙。

他用面紙揩拭眼角，說：「謝謝妳。」

咖啡館內此刻忽傳出一首歌，旋律悅耳動聽，令人舒服。

「這首歌真好聽耶。」我說。

志鴻點頭。我們忍不住隨音樂左搖右擺。一旁海蛇服務生秀英告訴我們，這是一首來自人類世界的歌。

「歌名叫什麼呢？」我問她。

她吐吐蛇信笑著說：「不好意思，我也不清楚，只知是首關於『蝴蝶』的歌。」

「蝴蝶的歌？」我說。

她點頭。

這時適巧有隻油光光的海蟑螂爬上我們桌子。志鴻抓起海蟑螂的觸鬚，以迅雷不及掩耳的速度吃了下去，還喀哧喀哧一直嚼。我雖覺噁心，但能理解。畢竟他是鯊魚，可能餓了。

他在吞下海蟑螂後忽溫情脈脈望著我，並跟我說，他很喜歡我。

「我也很喜歡你啊。」我說。

志鴻笑顏逐開，卻露出一口尖牙，怪嚇人的。

「阿香，今晚外頭天氣不錯，我們出去游游，好嗎？」他問。

我點頭。

志鴻結帳後，我們便游出咖啡館，到附近的觀景台。在上面你可俯視整個海峽谷，景色漂亮極了。就在那時，我見到一群色彩繽紛的蝴蝶，在海峽谷裡四處飛舞，猶如彩色雪片一樣。

志鴻指著蝴蝶說：「妳看，好美的蝴蝶！」

「是啊，好漂亮！」我點頭，「可是蝴蝶怎麼會在晚上出現呢？」

志鴻搖頭，說：「我也不知道。」

這時，我忽感恐懼。據說，夜裡的蝴蝶會帶來厄運的。我轉過臉，打算告訴志鴻時，卻發現他已變臉，並張著大嘴企圖吃下我。

我於是甩他巴掌。

他清醒些，直向我道歉，並說他很喜歡我，想寵愛我……可是一會他又失去理智，又張開大嘴。

我又甩他巴掌。

但這巴掌卻使他嘴張得更大——這回可來真的。我發覺苗頭不對，轉身逃跑。可是志鴻彷彿化身為魔鬼，死命追著我，我拼命游呀、卯死勁游，沒命似的游，最後我看見一面鏡子，不假思索的，直穿過去。

「你們知道那面鏡子是什麼嗎？」我問他們。

「是什麼呀？」他們同時問。阿郎的眼睛張得很大。

哦，我也是後來才知道，原來那是一面結界。

我穿過那面鏡子，就進入你們人類世界。

下一秒，我發覺自己躺在沙灘上，奄奄一息。且太陽很大，極其炙熱，幾乎要把我皮膚黏膜給蒸發掉了。

之後我聽見遠處有樂音傳來：輕柔的旋律，搭配富有節奏感的鼓聲與清脆木琴聲，聽來令人舒服極了。此外，也聽見人類歡唱聲，還嗅見食物香氣；不過也許只是幻覺也不一定。

或者，那會是天堂嗎？……

瀕死之際，朦朧中，我看見一個人類的男孩子，看來才七、八歲吧。

他好奇的盯著我看。

我看著正俯視我的他。哇，他好美麗哦，霎時，有種好甜好軟的東西射入我心裡，且逐漸擴散，並把我整個人包住，讓我一下子忘卻自己即將要死的感覺。接著，我看見他一面看我，一面搔頭。

半晌，他俯身，將我自海灘上撿起。躺在他手掌上的我，感覺好舒服。他還用一隻食指撫摸我肚子，直說：「妳不能死哦，要活著哦，要加油……加加油哦……」

後來，他將我放進海裡。我游開時，對他道聲「謝謝」。他面露疑惑，大概是聽見我的聲音了吧。

回到海裡後，我不顧一切奮力往前游。幸好，在精疲力盡之際，順利穿過結界，返回海王國。

進入皇宮時，焦躁不安的父親正坐在他那張金碧輝煌的寶椅上，以手背拍著手掌，嘴裡發出嘖嘖聲響。他一見我，逕從寶椅上跳下來，直問我：「上哪裡去了？為何不打電話回來？」

我據實以報。

「鯊魚都是沒人性的王八蛋！」他說，「妳怎麼能跟他們見面呢？妳難道不要命啦？」

「志鴻是好人」，我說，「他只是不慎失控。」

父親聞言，忽伸長脖子，吼：「什麼失控，他很有可能殺了妳啊！」

「沒那麼嚴重。」我說。

「總之，我不准妳再跟鯊魚見面！」他說。

「不見就不見！」我說。老實說，我也不打算再跟鯊魚見面，欠缺控制力的他們可真嚇人。

那晚，我一直無法入睡。躺在床上的我，心裡一直出現那男孩的畫面。

尤其他的雙眼。

他的眼神。

是怎麼一回事？

我記得你們人類總喜歡談到一個字——「愛」，

是如此嗎？

我也掉進你們的愛情世界了？

接連幾天我都無法入眠，滿腦子都是那男孩的畫面：他的手掌溫暖而柔軟，躺在上面如同躺上海葵床；而他的眼神，幾乎像閃著光……

為何我會如此想念一個人的眼神？

我思不透。

「那就是愛啊！」三八花說，並發出女巫笑聲。

（聽見三八花說愛，真叫我毛骨悚然）

一日早晨，弟弟走入我房間，爬到我床上。

「姊姊，父親叫我們吃飯了。」他說。

「小傻，」我說，「姊姊不餓。」

小傻歪著頭看我，問：「為什麼不餓？」

「我也不知道。」我說。

小傻嘴裡吐出些許泡泡。我幫他擦掉。他又說：「最近妳跟平常不太一樣哦，是不是發生了什麼事？」

「沒什麼事。」我說。

「真的沒事？」他又問，雙眼微瞇。

「好吧，什麼事都瞞不過你。」我說，「我可以跟你說，但你不能跟父親說哦。」

小傻又吐出泡泡。

「幾天前，我曾不小心闖入人類世界。」我說。

小傻大驚失色，嘴裡吐出一連串泡泡。「妳跑去人類世界了？」

「我知道這樣不好。」我說，「但其實哦，人類世界感覺並不可怕。」

小傻停止吐泡泡動作，雙眼直盯著我。

「而且我遇到一個男孩，他救了我。」我說，「他長得很漂亮，尤其是他的雙眼，好像會發光。」

小傻發出呼嚕一聲。

「我想再見他一面，一面就好，我打算親自跟他道謝。」我說。

小傻這時搖搖頭。「這可不行，太危險了。」

「我知道人類世界極其危險……」我說，「且人類很壞，壞得不得了……但……我真的很想再見他一面，再見一面就好……」

小傻低下頭，嘆口氣。半晌，他忽抬頭，看我一眼，接著張開夾子，往左邊夾了夾。

「什麼？」我說，「你是說去找水母堂姊？」

他點頭。

「對厚，嬸嬸曾去過人類世界，水母堂姊應對人類世界很熟悉才對。」我說。

抵達水母堂姊家時，她正在看電視。一看到我們，便眉開眼笑。

「阿香，」水母堂姊招呼我，「妳來啦，進來坐坐。小傻也來了呀，都進來，我給你們泡茶。」

「謝謝妳。」我說。水母堂姊拉開椅子，示意我們坐下，接著泡起茶來。

「這是我剛買的水草茶，聽說喝了會瘦。」水母堂姊說，一面將熱茶注入小杯子裡，再移到我們面前。

「喝，」她說，「別客氣！」

我端起茶杯，啜一小口。小傻也想喝，但著實太燙，我不放心。我把杯子移開，打算等冷卻後再讓他喝。

水母堂姊喝口茶，問：「阿香，今天怎麼會來這裡？」

「水母姊，」我說，「我有事想請教妳。」

「哦？什麼事？」水母堂姊又啜口茶，說：「真是好茶呀！」

「水母姊，聽別人說，妳對人類世界十分理解？」我問。

「人類世界？」

我點頭。

「很多人說，妳很懂人類世界，那是真的嗎？」

「我知之甚少，但我知道別人謠傳的原因。大家都說我母親是唯一去過人類世界的海王國居民。」她說。

「那是真的嗎？」

她未回答，僅問：「妳為什麼問這個？」

「我想去人類世界。」我說。

「妳想去？」她問，「為什麼？」

「我其實已去過了。」

「妳去過了？」她大感震驚，嘴裡的茶不慎噴了出來。

我點頭，並遞一張衛生紙給她，說：「不小心的，是場意外。」

她用衛生紙擦了擦嘴，說：「那妳看到什麼？人類世界很可怕嗎？」

「我不太記得，只感到很熱。」我說。

「熱？」

我點頭。「因我躺在人類世界的沙灘上，險些被曬死了⋯⋯」

「幸好妳沒事。」她直撫胸口說，「沒事就好⋯⋯」

「可是我想再去一次。」我說。

「為什麼？」水母堂姊睜大雙眼問。

「我想再見一個男孩。」我說。

「男孩？」

「是呀！就是把我從海灘上捧起，再放回大海的那男孩。要非他，我早被太陽給曬死。」我說，「不知為何，我一直無法忘記他的眼神，覺得自己非得再見他一面，要不，則好像不能呼吸一樣⋯⋯」

「難道是因為愛？」她說。

「到底什麼是愛？」我問。

「老實說，我也不懂。但我聽母親說，在人類世界裡，兩人會相互吸引，彼此間會產生非常強大的力量。而那力量，可比生命還來得重要。據說，那就是愛。」

「聽來抽象。」我說。

「人類本就是抽象的動物。」她又說，「從出生到死，大概只有短短一百年，以時間概念而言，一百年只是瞬間，存在感幾乎不存在；一個幾乎不存在的存在卻又那麼的有存在感，本身就萬般矛盾。所以人類的存在，就是一種抽象。」

「妳把我搞糊塗了。」我說。

「其實我也從未搞懂過……」水母堂姊笑著說，接著又說：「此外，母親曾說，海王國居民若進入人類世界，只能有六十天時間。若超過，則會……」說到這時，她停了下來。

「則會？……」

水母堂姐以食指輕敲自己豐潤臉頰，說：「老實說，我忘了那後果，但我知道那是非常可怕的後果。但是，只要我們在六十天內，找到所謂的愛，自然就能知道怎麼脫身。」

「聽來嚇人。」我說，「似乎也很難達成。」

「是呀！」水母堂姊說，「所以別去的好，這回妳能脫身已是萬幸了。」

我嘆口氣。

「除此之外，」水母堂姊補充，「若我們以人的形象出現在人類世界時，我們將在人類世界存有身分。」

「身分？」我說，「什麼意思？」

「嗯，這很難理解哦。」她又說，「反正妳若以人的模樣出現在人類世界時，自然就會明白。」

在我們臨走之際，我問水母堂姊如何才能再去一次人類世界，水母堂姊說，那是個無人知曉的謎，而我既已去一次，要去第二次，根據她的形容，就像被雷劈一般困難。而我們又生活在海底，老天得把雷劈進海水裡才行，你們便知道那機率有多低了。

阿郎這時把剩下牛排全擺上烤肉架，濕潤牛排因紅炭而滋滋作響。

與水母堂姊相談後的那晚，我做了個夢。夢境中，小傻跟我身處類似陽台的地方，前面是深不見底的可怕峽谷，然後天色灰暗，大概是晚上。那時，忽有一群色彩繽紛的蝴蝶，從我們面前緩緩飛過。數量多到數不清。不知過多久，小傻耐不住性子，打算伸手抓蝴蝶。可是我不希望他打擾蝴蝶。正打算制止他時，忽傳來類似微波爐提示聲叮的一聲，蝴蝶之夢便結束了……

早晨起床之際，我聽到一種吸氣聲。我感到不對勁，因聲音是從我體內傳出的。此外，我在「空氣」中聞到一股臭味。

空氣？

我嚇了一跳，接著「坐起身體」。

坐起身體？

我看看自己雙手，我竟有了一雙手！再看看下半身，我竟有了一雙腿！

我竟從一隻魚變成一個人了！

此外，我發覺自己坐在髒汙不堪、臭不可聞的陌生地方，且四周陰陰暗暗，讓我一度以為自己掉入了海溝。下一刻，我才看見，一尺外就是臭水溝，裡頭有很多垃圾。我擦擦眼睛，看見前方有個人類的小男孩，正在垃圾堆裡翻滾。一會，他抬起頭——嘴裡還咬著空的奶茶鋁箔包——看到我後，露出笑顏，並將嘴上的鋁箔包吐掉，沿著牆壁向我走來。

他站在我面前時，嘴裡呼嚕呼嚕吐出一大堆泡泡。我才頓然理解，原來他是小傻……

「所以，小傻跟我就這樣來到人類世界。」我說，「你們信嗎？」

大家一陣漠然。我看見阿郎一面用夾子翻牛排，一面搔頭。阿炮則捋著下巴鬍子，彷彿在深思。

「聽妳在鬼扯！」三八花說。

我瞪她一眼。

淑麗說：「不管信不信，我喜歡妳的故事。」

「這並非故事，」我說，「而是我的真實人生。」

「若這一切屬實，那妳豈不只能待在人類世界六十天？」三八花冷冷的說。

「是呀！」我說。

「印象中，我們也相處幾天了。」淑麗說，「那妳還剩幾天？」

「今天是我們在人類世界的第十天，所以還剩五十天……」我說，「我得找到愛，且刻不容緩，要不然就麻煩了……」

「找到愛談何容易？」三八花笑著說。淑麗也點頭認同。

「你們都找到愛了嗎？」我問。

眾人忽沉默下來。

阿郎還在烤牛排，但我想已沒人吃得下。不過還好，旁邊正好有一隻脫毛狗，正飢腸轆轆的望著我們。

x1. 河馬

杜捷東一直忘不了一九九八年，他與父母共赴莫三比克的那趟商旅。那回並非他們初訪非洲，卻是他們莫三比克處女行。捷東母親認為莫三比克黑人的臉型就如他們的國家形狀，長又細，跟南非黑人截然不同。

那是在第三天早晨，雖是六月，位於南半球的馬布多卻稍有寒意。捷東父親與他們母子吃完飯店早餐後，便外出洽商。捷東與母親因在飯店裡閒得發慌，不惜跋涉數里前往當地一間野生動物園。

該間動物園將野豬與河馬共同豢養。原因也許是野豬與河馬爭食的模樣趣味橫生，大受遊客歡迎吧。

捷東當時才七、八歲，不但瘦，個子也非常嬌小。在與柵欄外頭圍攏著的高大老外相形之下，就像一隻身穿紅色T恤的小猴子。當他母親拿著相機拍攝因搶食飼料而對野豬大發雷霆的河馬時，捷東卻如老鼠，無聲無息從柵欄底下鑽進去。

當捷東母親從相機裡看見自己孩子被發狂的河馬咬住一條腿時，將相機一扔，瞬間如跳木馬般躍過柵欄。河馬看見他母親，似乎更加憤怒，嘴一甩，將捷東往空中拋去。

眾人驚呼一聲，接著聽見砰的一聲。

摔落地面的捷東右腳幾被河馬咬斷，如同被分屍的洋娃娃，模樣十分嚇人。猶如屍體般一動也不動的他，已昏迷不醒，鮮紅血液自他右腳傷口汩汩流出，像被擠出的番茄醬。

野生動物才不會因傷害人類孩子而內疚，正當大家注意力全在那可憐的孩子身上時，河馬卻早已把捷東母親視為下個攻擊目標。一旁嚇哭的黑人女人直用英文喊「救命」，但發怒的野生動物著實嚇人，致使眾人只能望而卻步。一個白人男人撿起腳邊槁木往河馬扔去，但絲毫起不了作用。凶性大發的河馬惡狠狠瞪著捷東母親，後腳在沙土裡蹬呀蹬，宛如一台正發動著的殺人機器。半晌，河馬轟隆轟隆直往她衝去。

緊接又傳來砰的一聲。

幸好捷東母親身手矯捷，即時跳開，但不慎跌坐於地。河馬撞上的是她身後大樹。但河馬的肉厚得不得了，這一撞對牠毫無影響。牠接著轉身，張開大嘴，準備大噬一口仍蹲坐於地的捷東母親。

這時忽傳來一聲尖銳聲響，且伴隨火藥味。

眾人定眼一瞧，發現原來是剛抵達的黑人管理員開了槍，試圖趕跑河馬。只可惜他槍法很拙，一槍竟打中捷東母親的腦袋。

河馬受驚後逕往河裡跑去，咚咚幾聲不見蹤影。來不及反應的眾人只得半張著嘴，直瞪著河面上冒出的泡泡。

捷東母親躺在血泊裡，持續流出的血液漸漸滲入飼料，但野豬們絲毫不在意，仍狼吞虎嚥加味的飼料。

稍後，嘴裡直喊「我是個醫生」的白人醫生大步流星衝進柵欄內。他看一眼捷東母親，一張血肉模糊的臉讓他明白已了無希望，遂直往捷東跑去。或許是情況危及，他一把將上衣脫掉，撕開，用以綁束捷東大腿。幾個大漢隨後也跳進柵欄幫忙，眾人一陣手忙腳亂，總算替捷東止血。

嗚著警笛的救護車很快抵達，救護人員兵分兩路，分別替捷東母親與捷東急救。可惜捷東母親仍回天乏術。其實她早已離世，只是基於人道立場，該做的動作不能少。

捷東傷勢非常嚴重，不僅右腳幾與身體分離、雙手骨折，身體也嚴重擦傷，部分深可見骨。所幸頸部以上無傷，未波及他可愛臉龐。這大概是這起意外事件唯一好消息。

儘管捷東待的是馬布多頂尖的私人醫院，但因當地醫療器材低劣，醫生無力替他接回右腿，為保命，只好截肢。術後，又染上敗血症，差點就魂歸西天。然而捷東自認在醫院死過：死或許難以定義，確切而言，他認為自己曾離開身體。

他不記得確切情況，只隱約明白在晚上。茫然的他不知何故，忽下病床。他當時無任何感官能力，腦裡也空白一片，彷彿才剛被生出來一樣。但他記得醫院灰濛濛的，且四人無人，看來陰森異常。此外，地板剛上完蠟，十分滑溜。恍惚的他步出醫院，忽一陣涼風襲來，卻不覺冷。接著，他在醫院外走廊看見身穿西裝的父親蹲俯於地，渾身顫抖著。同時，他聽見外頭傳來叮叮鼕鼕的聲音，才知道，原來正下著雨。

他不理解父親舉動。一對看來是夫妻的胖墩墩黑人坐在一旁長椅上，直盯著崩潰父親，臉上不時顯露同情神色。稍後，隔壁院房忽傳來震天價響的嬰兒泣聲。再一會，他也聽見父親哭聲，並重複喚著：「我太太死了……」他才明白，原來父親在哭，因母親的死而哭。

那是他頭一回感受所謂的生，也是他頭一回感受所謂的死；生與死的樂音恍如交響樂般同步響起，使他內心有種奇怪感覺，猶如在那霎然時刻裡，他已歷經人生。

接著他看見黑人夫婦起身——其中女人懷裡抱著赤裸孩子——走到他父親身旁，安慰他。他父親當時也不知怎的，竟抱著那黑人一家子哭了起來。

捷東無法確定那段往事的真實性。長大後，曾與父親討論。

「那不可能！」捷東父親說，「你當時昏迷不醒，怎麼可能下床走動？」

「老杜（捷東習慣直稱父親名諱），我記得你蹲在醫院外走廊，你還記得嬰兒哭聲嗎？」捷東說，「後來有黑人夫妻安慰你，那女人懷裡抱著赤裸孩子，你抱著他們哭？難道不是嗎？」

老杜搖搖頭，企圖否認。

但事實上，他記得很清楚。

那是捷東住院頭一晚的事。他剛從停屍間回來，仍無法接受愛妻驟逝事實。他抵達走廊時，忽覺悲痛逾恆，雙腳一軟，直接倒伏於地。不久，下起雨。隔壁剛出生的嬰兒也發出撼天動地的哭聲，促使他更加悲痛，不禁嚎啕大哭。

但捷東才手術完，仍昏迷不醒。不可能知道這件事才對？老杜心裡想。他對這起矛盾的事，其實也無從理解。然而，他不信靈魂出竅，甚至根本不相信靈魂存在。他認為，或許是自己曾與捷東提及，而捷東將之轉為回憶了。

老杜是那種就算事實擺在眼前，若不打算相信，則會製造假證據，以說服自己的人。捷東則相反，他一向無法太絕對，甚至因老杜說法而質疑起回憶。

至於實情為何？捷東究竟有無靈魂出竅？

或許只有那對黑人夫婦知道吧。

y2. 蛞蝓與可樂

第14天　上午

「唯一解決辦法是找到愛——那到底是什麼？」

小傻與我在沙灘上散步。他仍像螃蟹，在沙灘上橫著走，還左搖又晃。他總改不掉這壞習慣。

這裡沙灘是白色的，且沙子很鬆、很軟，踩進去時，整個腳掌會被沙子吃進去，猶如泡在水裡。這早風有點強，且濕濕的，頭髮吹到臉上會被黏住——我得一次又一次把頭髮撥開——不過也許是因我的臉太髒也不一定。

我已離開海王國兩個禮拜。大海就是我的家，卻不知如何返家，猶如丟了鑰匙、只好在大門前發呆的笨蛋。

阿郎、阿炮與三八花都外出「覓食」了，防空洞裡只剩淑麗。她說她頭痛，待在防空洞裡休息。我原本跟淑麗在防空洞裡聊天，聽她談昔日她在美國紐約流浪的日子，真是有趣。但她頭痛加劇，我也不好再打擾她，只好跟小傻在外頭晃悠。

「那是什麼？」我指著前頭發光物品問小傻。

小傻聳聳肩膀。

我們走向前去，見海灘上有一張金卡及一封信件。我撿起。金卡上頭沒印著什麼，就是一張發亮金卡，但信上面寫著：

阿香　啟

我？這是一封給我的信？

「小傻，」我說，「這是給我的耶？」

小傻說：「快打開來看。」

我點頭，將信打開，發現那是來自海龜父親的一封信。

「小傻，」我說，「這是來自父親的信耶！」

「快唸給我聽吧！」小傻說。

我點頭，將信上內容唸給小傻聽：

喂，你倆怎麼不見啦！差點把我老命給嚇飛啦！幸好章魚巫師先生替我查水晶球，才知你們跑去人類世界了。真是，你們這兩個小傻蛋，怎麼跑去那麼可怕的地方，你倆難道不要命啦！都怪我不好，沒把你們看緊點，不過現在才來說這些，也於事無補。

現在我能做的是，讓你們在人類世界過得舒服點。拿到那張金卡沒？你們快把那金卡拿去銀行，他們會給你們很多錢。記得，早點回來，不能待超過人類世界六十天，要不會有後果的……

愛你們的海龜父親

當我讀完信上最後一字時，信即冒成一陣煙，消失了。好像電影裡那種俗套片段，有點蠢厚，但真是如此。

「信就這樣不見了？」小傻說，「還真有父親的作風呢！」

我點頭。「他的確就是這樣。」

「父親說可拿這張金卡去銀行領錢，」我跟小傻說，「等一下我們也許可試試看。」

小傻與我回到防空洞時，淑麗還在睡。我倆悄悄簡單穿雙鞋，再讓小傻揹上他的蠟筆小新書包後，便離開防空洞。

沒想到一出防空洞，天竟下起雨。我恨透下雨冬季。雨水不僅冷，有時晚上還有蛞蝓、蟾蜍等奇怪生物會爬進防空洞裡，噁心死了。一回我記得小傻竟抓著蛞蝓啃，還嘻嘻笑著，簡直把我給嚇死了。我當時立刻買可樂給小傻喝，要幫他消毒。可樂最好了，什麼細菌都殺得死。果然他後來也沒事。

我們接著往離海灘不遠的公車站走去。抵達公車站時，我看一眼站牌，下一班公車抵達時間是半小時後。我們只好坐著等。期間，我看見公車站後方，有好多黃艷艷的油菜花，美得讓我雙眼都捨不得閉了。小傻摘下一朵，並把花別上我的左耳，還說我跟花一樣漂亮，讓我忍不住掩嘴竊笑。

掃興的是，雨越下越大。公車站頂端有個破洞，雨一直灌下來。我們未有可抵擋雨水的用具，也無隔絕雨水的力量。

於是，我們就這麼濕了……

不知過多久，一台醜得不像話，又噴著黑煙的公車抵達了。看來像開往地獄的交通車。也許它真是地獄列車也不一定，人生一切都很難說。但這是唯一途徑，我也只好帶著小傻上車，並將身上僅剩零錢投入。

嘩啦嘩啦的，錢像掉進貪吃的人嘴裡……

那嘴上有八字鬍的中年司機以嫌惡眼神，打量我們一眼，說：「還少5元，妳跟妳弟弟，一共40元。」

「我沒錢了。」我說。

「沒錢就下去！」司機說。

「可是我已投35元了。」

「沒——錢——就——下——去！」他又說。

「你有毛病呀，」我說，「我已投35元，你還叫我下去！」

「下去！下去！」他又吼，像個神經病。

「除非你先把錢還我！」

我僵持不動，一雙眼睛惡狠狠瞪著他。他也不甘示弱，一樣瞪著我。

一切都凝結了……

這時，一個身穿紅色襯衫、胖墩墩的光頭男人走過來，替我投了5元，又安靜折回座位。

「去你的！」我對司機說。

「也去你的！」我轉身對那男人說。他滿臉疑惑看著我。

「妳這小太妹，別人好心幫妳還遭妳咒罵！現在年輕人究竟怎麼一回事呀！」司機吼我。

小傻這時拉拉我的手，要我停止跟司機一般見識。

「怎麼樣？我就是放蕩！」我對著司機吼，「你要打我嗎？還是你要強暴我嗎？來呀！來呀！你們男人都變態！」

「下去！下去！就算有錢我也不載妳！」司機吼我，「真是肖雜某！」

我看見車上另個乘客正用手機拍攝我。

「拍屁呀你！」我對他比出中指。他呲牙一笑，並持續攝影。我想拿東西丟他，我不喜歡被偷拍的感覺，那如同被陌生人窺視裸體一樣。但我什麼都找不著，只好向他吐口水。但他閃過，沒中，我再吐，他又閃過。他持續笑著，持續拍著，像在黑暗裡發笑的小丑，令人厭惡到極點……

當我把口腔裡的液體用盡時，忽有股深刻無力感在內心浮現：我想哭，卻哭不出來。

小傻這時拉著我下公車。下車之際，我聽見公車裡有個婦人說我「沒教養」。我很想衝上車對她吼聲「去妳的」，可是已來不及，我們已在車外。

「姊姊，」小傻跟我說，「人類好可怕。」

「就是！」我說，「瘋子一大堆！」

這時我發現，小傻的褲子竟濕濕的。

「小傻，你尿褲子了嗎？」我問。

小傻露出尷尬笑容，說：「我以為妳要跟他們打架，才嚇得不小心尿褲子。對不起，姊姊。」

「沒關係，」我說，「這不是你的錯。」

我到附近蓮花寺公廁裡替小傻整頓好後，才繼續往我們目的前進。但沒公車坐，當然我們也沒錢搭計程車，唯一辦法，就是我們雙腳。小傻與我只好在寒雨中行走。倒不必認為我們可憐，我們根本不在乎雨水，且我們本就來自海王國，在雨中長途跋涉就像吃飯一樣稀鬆平常。

我們抵達銀行那條街的騎樓時，雨仍下著。街道上人很多，大家都撐傘，花花綠綠，猶如一個個水母。還有一些年紀與小傻相仿的小朋友，身穿五顏六色雨衣，像一顆顆走路香菇。

這時，我看見銀行外頭有個男孩正盯著雨景看。也許是雨水朦朧的關係，不知怎的，他看來竟發著光。當他轉身，臉映入我眼簾時，我忽好像掉進海裡一樣，雙耳被海水籠罩著，且聽見噗嚕噗嚕的氣泡聲，接著一陣心跳加速，噗通噗通的，彷彿快要爆炸。這奇怪情緒怎麼來的，我自己也毫無頭緒……

我腦裡突然浮現自己躺在巨大手掌裡的樣子，也聽見有人對我說：「妳不能死哦，要活著哦，要加油……加加油哦……」

他聲音溫暖而真誠，像加熱後的鮮奶，令人想大喝一口。

但他是誰？為何我看見他如此開心？

那男孩將手上的咖啡瓶丟進垃圾桶後，拿起腳邊黑色手提包，走進銀行。在他進入銀行後，我的心才漸漸平靜，但仍有餘溫，好像暖暖包，溫暖著我的心。

接著，我也牽小傻入銀行。這時，銀行裡面有一些人。除警衛外，還有一對抱著小孩的夫婦、一個抱著狗的濃妝中年女人，還有一個漂亮的年輕姐姐，卻未能看見剛才的男孩，讓我稍感失望。這時，那夫婦的小孩忽哭了。

「姊姊，」小傻拉拉我衣服說：「那小孩哭了。」

我摸摸口袋，裡頭還有一顆糖果。我走向前，打算把糖果給那小孩。她哭泣的樣子讓我很難過。她母親收過，並跟我道謝。但她身旁男人卻說：「這糖不能吃！」說完，他把糖果丟進隔壁垃圾桶。

我有點生氣，不懂他為何要浪費食物，於是到垃圾桶前，把糖果翻出，並與小傻分食一半。我故意大聲問小傻：「好吃吧？」小傻點頭。那男人只對我「哼」一聲。

警衛這時跑來找我問話。

「小妹妹，請問你們父母呢？」警衛問我時，從上到下打量小傻跟我一眼，讓我很不舒服，彷彿我們太髒，而不配來他們銀行一樣。

「我們自己來的。」我說。

「你們來銀行幹嘛？」他又問。

「沒幹嘛。」我說。我不想再跟他多說話。

「若沒事，不能隨便進來銀行哦，這裡不是麥當勞。」他指向外面，說：「妳看，外面有警察杯杯哦，他會進來檢查每一個人，若隨便進來的人，會被他捉走哦。」我往外頭瞧，確實在外頭看見警車。但警衛未免太小看我。他難道以為我不知警察是來巡邏嗎？看他得意洋洋的樣子，我有點同情他。

這時一隻小狗忽跑到我腳邊，聞我腳，甚至還舔我。我蹲下摸牠。隨後那濃妝豔抹的中年女人跑了過來，抱起狗，以嫌棄口吻說：「大衛壞壞，不要亂舔人，你看她那麼髒，萬一生病了怎麼辦？」同時，我注意到那年輕姐姐正盯著小傻看。這時我才發現她長得真的好漂亮哦，像模特兒。她不斷對小傻笑。我以為她喜歡小傻。後來她拿出手機拍小傻，還一直笑嘻嘻。我才發現，她在拍小傻破掉的鞋子。於是我要小傻站在我身後，我不要讓別人取笑小傻。

這裡的人跟防空幫不一樣，他們彷彿很討厭我們——毫無緣故的。我看小傻一眼。他也點頭，似乎也跟我有相同感受。

「姊姊，快把金卡拿出來。」小傻提醒我，「我們領完錢，趕緊離開這裡吧。這裡的人都怪怪的……」

我點頭。

可是當我把金卡從口袋裡拿出時，一件奇怪的事發生了：

眾人忽全趴下，並屏息、以欽羨眼神望著我的金卡，就連那小孩也一樣。突然，我感到威風無比。我看小傻一眼。正傲然笑著的他也看我一眼。

原來，擁有金卡是這麼風光的一件事。

這時，我看見剛才那男孩原來在銀行角落。

原來他在！

儘管他也趴著，卻跟其他人不一樣。他不是望著我的金卡，而是望著我雙眼。忽然間，我在他臉上看見一抹微笑，像彩虹的微笑，且那微笑是送給我的，是為我而笑的。不知如何是好的我，只好也對他微笑。我心裡忽害羞不迭，好希望鑽進另個空間，把棉被蓋在頭上……

「姊姊，」小傻拉拉我衣袖，「不要再發呆，該辦正事了。」

這時我才回過神，想起我們這趟來銀行的目的。

小傻與我緩步走到櫃檯前，將金卡交給櫃檯人員。她甚有禮貌的站起身子，拍拍衣袖，並對我鞠躬，才收過金卡。

「小妹妹，」她說，「妳年紀輕輕就擁有金卡，真是了不起！」

我對她微笑。「這可是我父親給我的呢！」

「令尊今日沒陪同您們來嗎？」她又問。

「他很忙啦。」我隨便說。要不，她肯定沒完沒了問下去。

「真可惜無法見到令尊一面，希望下次有機會。」她語帶遺憾說。

「隨便啦。」我說。

「那麼……我們進行吧。」櫃檯小姐說，並伸出雙手：「能否麻煩您將書包給我？讓我幫您把錢裝進書包裡。」

我照做。

她開始裝錢，把一疊疊鈔票放進小傻書包裡。看見那些青花花鈔票，真令人欣慰。半晌，她把裝得滿滿當當的書包還給我。我將拉鍊拉好，再讓小傻揹上。也許錢太重了，小傻嘴裡又呼嚕呼嚕吐出泡泡。

「走了，小傻。」我拉起小傻的手，意氣揚揚的離開銀行。

總算，這次我們豪氣的贏了世界。

出銀行時，仍細雨綿綿，但不再凍。也許那股自豪讓我頓時暖了起來。有這些錢，小傻跟我可有好日子過了。

除此之外，在我們步出銀行之際，竟有一輛高級轎車正候著我們。

而且，此刻我們已換裝。我身穿一件超高檔的紅色禮服，腳蹬金光閃閃高跟鞋。小傻則穿一套像極了富家子弟的衣褲：除獎得雪白的襯衫搭配黑色西裝小短褲外，還有一雙亮晶晶的黑皮鞋。我們簡直像剛走完星光大道。

這時，街道上人們全都注視著我們，眼神滿是羨慕。我想他們恨不得成為我們吧。

也許小傻也感受到高人一等的感覺了。傻笑的他，嘴裡泡泡甚至吹出嘴外，一顆顆氣泡不斷往天空飄去。

眾人不禁仰頭，並頻頻讚嘆。

x2. 幻肢

黃昏。

七歲半捷東獨自站在沙灘上，似乎仍沉睡著。

不絕於耳的樂音從遠方傳來，輕快節奏伴隨人類歌唱聲，讓他忍不住跟著搖擺身子。此外，食物香氣也不斷自遠方飄來。聽覺與嗅覺的回饋讓他自覺醒了，於是他睜開眼，卻朦朧一片，彷彿眼上覆上一層白膜。他揉揉眼，視野逐漸清晰，才發現前方是黑人婚禮現場：西裝筆挺的瘦弱黑人新郎正抱著喜形於色的豐腴新娘，兩人臉上都堆滿笑容。周圍的人無比欣喜的跳著舞，好不歡樂。

此刻，一陣冰涼海水打上他的腳，他俯身一看，卻大吃一驚：他竟少了右腳。可是奇怪的是，他卻站得穩當，猶如他右腳猶然存在，只是隱形一般。他右手往下一探，沒錯，是空的，自己的確少條腿。他搔搔頭，好似忽憶起什麼。

「我本就少條腿，」他想，「不是嗎？」

這時，他看見一個身穿紅衣、胖墩墩的黑人小孩從他面前跑過。

「喂！」捷東喊他。

小孩停下。「幹麻？」

「我有幾條腿？」捷東問他。

胖小孩皺眉，說：「你神經病！」說完，便跑開。

捷東再次搔頭，半晌，才對著前端空氣罵：「你才神經病！」

這時，他看見前方不遠處的沙灘上，躺著一隻奄奄一息的粉黃色熱帶魚。他打算往前走，卻遲疑起來，畢竟他只有一隻腳。他猶豫許久，才踏出他隱形右腳，沒料到卻十分順利，好像他本就有兩隻腳。

他緩步走到熱帶魚前方，俯身將它撿起，捧在手掌裡。他認為這隻粉黃色熱帶魚漂亮極了，尤其是它身體上的金色斑點，猶如一顆顆星星。他看見它的鰓一下閉合一下張開，好似快死了，於是對它說：「妳不能死哦，要活著哦，要加油……加加油哦……」

接著他蹲下，將它輕輕放入海裡。熱帶魚游開之際，他彷彿聽見有人對他道聲「謝謝」。他環顧四處，只看見載歌且舞的婚禮賓客。這時，一股痛覺忽而襲來……

捷東醒了。原來是場夢。但這場夢境已重複太多次，以致他搞不清究竟是夢，或曾發生，不過他忘記而已。

他把窗戶打開，沒錯，又下雨了。

只要一下雨，右腳殘肢即發疼。那並非真的疼痛，醫生曾說，而是幻痛：也許是他潛意識裡對斷肢的悼念而引發的疼痛。但捷東聞言很感火光，他認為那分明是實際疼痛；醫生若也痛一次，勢必不再說風涼話。

仍躺在床上的女孩輕聲問：「阿東，怎麼了？腳又痛了嗎？」

捷東點頭。

「我幫你拿藥。」她說。她指的是止痛藥。說完，她坐起身子，下床拿藥。僅著一條粉紅色內褲的她，背影很吸引人。

這女孩是捷東的女朋友，名叫羅阿玫，大學英文系學生。

她一手端著裝滿水的透明杯子，另一手的手掌裡，則躺著兩顆粉紅色藥丸。坐在床邊撫著殘肢的捷東接過水，拿起藥，和水吞了進去。阿玫看見捷東的喉結往上浮，嚥下水後，又沉了下去。她覺得男人喉結移動時，相當性感。

「多喝點水。」阿玫說。

捷東搖頭，將水還給阿玫。

「下午妳上課嗎？」捷東問。

「是呀。」阿玫說，「今天下午上美國文學，一起去嗎？」

「不了，我要去銀行辦點事。」捷東說。

阿玫下樓時遇見身穿白色睡衣、正在廚房看報的阿珍。她是捷東後母，只長捷東十餘歲，尚不及三十五；與老杜結婚不到一年。

阿玫向阿珍打招呼。阿珍從報上抬頭，對她微微一笑。阿珍不知怎的，總對阿玫心懷嫉妒：她愛老杜，這並非假的，但她也喜歡捷東——也許是因捷東就如年輕版的老杜吧。

「今天有什麼消息嗎？」阿玫從銀色巨門冰箱裡拿出柳橙汁，又從水槽上方櫃子裡取出透明玻璃杯，再注入柳橙汁。阿玫認為自己跟阿珍之間太生分，因此總想討好她。她事實上是真心的，她想多個知己。但阿珍顯然未有相同念頭。

「沒什麼。」阿珍說。

阿玫喝口柳橙汁。

「現在社會滿奇怪的……」阿珍忽說。

「哦？」阿玫說。她對阿珍主動搭話感到驚喜。

「妳看，」阿珍把報紙攤開，「又有無聊的人在網路報料。一個少女搭公車因錢不夠，司機要她付錢，她卻對司機罵髒話，甚至還吐旁人口水，結果被人錄下放上網路。」

「現在小孩真是缺教養。」阿玫應道，「新聞大肆宣傳也是好事，替懶惰的父母教育孩子。」

「好事？」阿珍反問。

「是啊。」

阿珍明顯不以為然，說：「我認為拍攝的人滿變態的，且不懷好意。妳想想，若他真關心這一切，何不先了解事實？若小女孩有錯，為何不私下教育她？而選擇拍攝並在網路上公布這些影像，甚至交給媒體宣傳？這樣好像批鬥，好噁心。且道德瑕疵非罪惡，值得這樣懲罰嗎？」

「並未處罰呀。」阿玫說，「只是讓大眾知道罷了。」

「公眾歧視就是最可怕的懲罰。」阿珍說，「那比坐牢還來得駭人，妳難道不知這世界有不少人正是因歧視目光而自殺的嗎？」

阿玫未回應，喝口柳橙汁。

「這些新聞媒體也很可怕，」阿珍補充道，「老自認法官，立場鮮明不說，還以調侃語氣報導。仔細想想，這小女孩跟他們有仇嗎？有必要嗎？我實在想不透台灣媒體……」

阿玫這時又喝一口柳橙汁。她不贊同阿珍說法。她認為偷拍的人跟媒體就像糾察隊，只是維護社會秩序。但她也不想得罪於她，於是選擇沉默。

兩人安靜半晌。阿玫感到尷尬，於是一口氣把柳橙汁喝完。「阿珍姐，時間不早了，我先走了。」

阿珍對她點個頭。

天仍下著雨，且寒風刺骨。

聽著ＭＰ３、手提黑色手提包的捷東下樓時，有些餓，於是走進對街的便利商店，打算隨便買個三明治裹腹。

出來時，他見便利商店外，一對看來是姐弟的孩子正靠牆坐著，一旁擺著一個明顯已褪色的蠟筆小新書包。兩人衣著都破爛不堪。

身材消瘦、稍戽斗的店員雙手插腰站在他們面前，滿臉不耐煩。捷東知道他，那傢伙正是那間便利商店的店長。

捷東這時發現那弟弟有些傻氣，似乎是身障者。因自身特殊情況，捷東遇到身障者時，總試圖表現關懷。

捷東把耳機拿下，ＭＰ３收入口袋，前去問候。「發生什麼事？」

「這兩姊弟成天就是坐在這裡，」店長說，「會影響我生意。」小姊弟仍低著頭。小弟弟將頭靠在小姊姊肩膀上。

「每次我好聲好氣請他們離開，」他又說，「好不容易他們走了，一會又來了。我知他們可憐，我也非鐵心銅肺，經常給他們一些剛過期涼麵、便當諸如此類。這下可好了，他們把我這裡當成自己家了。你們這兩個小祖宗，我求求你們快走吧，客人都給你們煩死了。」

「我是社工，」捷東在他耳邊低聲胡謅道，「我來跟他們談，你先回店內吧。」

店長看他一眼，說：「如果你能幫我解決就好了……」語罷，便走回店內。

捷東深吸一口氣，右手摸摸頸子後方，問：「你倆在這幹麻？」捷東明白自己這問題不切肯綮。

「沒幹嘛。」那看來是姊姊的少女答道。她身旁弟弟此刻嘴邊吐出很多泡泡。少女用袖口替弟弟擦拭。

「小妹妹，妳是姊姊嗎？」捷東又問。

「你幾歲？」少女問。

「二十一。」捷東回答。

「我十四歲。」少女說，「你才大我七歲，不要叫我小妹妹。」

捷東淺淺一笑。

「還有沒錯，他是我弟弟。」少女說，「你要幹麻？」

捷東把手上三明治與咖啡遞給少女。她看他一眼。小弟弟嘴裡呼嚕呼嚕吐出很多泡泡，看來餓了。少女稍遲疑但仍接下三明治和咖啡，接著打開三明治，遞給身邊的弟弟。

「等我一下。」捷東說，之後走進便利商店。一會從便利商店裡拿出兩個三明治和兩瓶鮮奶。他再給少女一個三明治與兩瓶鮮奶。

「你們都喝鮮奶吧。」捷東說，「年紀太小喝咖啡，對健康不好。」

少女向捷東道謝，並把手上咖啡還給他。

捷東走到少女旁坐下，將黑色手提包放上大腿。「不介意吧？」

少女聳肩。「不過，你到底要幹麻？」

「我們是朋友。」捷東說，「妳沒聽過嗎?在雨中遇見的人往往會成為朋友。」

「沒聽過。」少女說，把三明治打開，咬了一口。

「我也沒聽過，」捷東說，「其實是從書裡看來的。」

「你真是奇怪的人。」少女說，「你不用上課或上班之類的嗎？」

「都不用。」捷東說，接著反問：「妳呢?也應上課吧？」

「我討厭學校。」她說。

「為什麼？」

「學校是給正常人去的。」少女說，「對不正常的人而言，學校是地獄。」

捷東突沉默下來，咬口三明治。

「妳不正常嗎？我看妳再正常不過了。」捷東說。

少女未說話。她弟弟已將三明吃完了，正試圖打開鮮奶，但手拙的他打不開，眉頭微皺，嘴裡又呼嚕呼嚕吐出泡泡，像極一隻螃蟹。少女把他手上的鮮奶拿過來，打開，又遞給他。

「我是哦。」捷東突然說。

少女看著他。「什麼？」

「不正常的人。」捷東說。

「你不正常？」少女質疑道，「我看你超正常吧。」

捷東拉起右腳褲管，露出義肢。

少女看一眼未作反應。捷東感覺自己做了件蠢事，趕緊將褲管放下。

兩人吃著三明治。

「你不正常是因你喜歡讓陌生人看義肢嗎？」少女說，「真是奇怪的人。」

捷東忍俊不禁。「這麼說也通。」

稍後，捷東把最後一口三明治塞進嘴裡，提起黑色手提包，站起身子，說：「你們打算在這裡坐多久？」

「不知道。」少女說。

「妳……需要我的幫忙嗎？」捷東突然說。

「幫忙？」少女反問。

捷東點頭。

少女未答話。半晌，才說：「你憑什麼認為我們需要幫忙？就因我們坐在這裡，吃了你的三明治？」

捷東搔頭，認為少女說話很嗆，也很絕，讓他無言以對。但他未生氣，只認為她防衛心很重，此外，也過分世故。

「這樣吧，」捷東從口袋裡掏出銀白色皮夾，拿出一千元和一張名片，「這是一千元，妳先拿去用，然後這是我的名片，以後若需幫忙，可打電話給我。」

少女稍猶豫，不過仍接過。小弟弟喝完鮮奶，打了嗝，接著嘴邊又吐出一堆泡泡。

捷東站起身子，將吃完的三明治包裝袋揉成一團放進褲袋，對少女說：「我還有事，要先走。那妳以後要去上課哦。」

「什麼？」少女問。

「妳是正常人，」他說，「應去學校的。」

「我才不是正常人，」她回答，「我是熱帶魚。」

「熱帶魚？」捷東笑問。

「對，」她又說，「我不是人類，而是熱帶魚，來自海王國。」

「那麼，我先走了，熱帶魚妹妹。」

「掰。」少女說。

銀行在前方不遠處，順著騎樓走，約十分鐘可抵達。捷東離開便利商店後不久，雨稍緩了。他鬆口氣，同時停下腳步，飲口咖啡。此刻，他忽感到不對勁。原來，是少了音樂。捷東將手探入口袋，打算拿出ＭＰ３，卻只摸到幾張發票和三明治包裝袋。他搜搜其他幾個口袋，皆未找著ＭＰ３。

他的ＭＰ３不見了。

他忽回頭，結果發現那對姐弟也已離開便利商店。

霎時，他有些走神，彷彿看見馬路成了一片海。

不知怎的，他想起夢境裡的那隻熱帶魚。

y3.拉麵

第15天　上午

剛領到一書包錢的小傻跟我打算到拉麵店吃拉麵，可是我們沒吃到。因我們進入拉麵店後不久，正打算點拉麵時，竟睡著了。很莫名其妙吧？

沒吃到拉麵就罷，更倒楣的是，當我們醒來時，發現昨天從銀行取來的錢全不見了。小傻的蠟筆小新書包雖鼓鼓的，裡頭裝的卻全是石頭。

有人竟把我們的錢換成石頭耶！可惡的賊！

我感到憤怒無比，這錢肯定是被其他人給偷走了。我看一眼身邊的防空幫，他們嫌疑最大。其實他們就是一群好吃懶做的廢物，肯定是他們發現我們的錢，然後趁我們睡覺之際，給偷走了。

我將這件事告知我最信賴的淑麗。她說我哪來的錢？我肯定在作夢！

「昨天……就在昨天，我父親從海王國給我們送來一張金卡，然後到銀行領的啊。」我解釋道，「銀行給我們一整個書包的千元鈔票咧，可是早上醒來卻全不見了。淑麗阿姨，妳是我最信任的人，我知道妳不會偷錢。但妳老實跟我說，妳知道發生了什麼事嗎？是不是誰偷走我的錢？是阿郎嗎？還是阿炮？肯定是三八花了？她這賤貨，最可能偷走我的錢，可惡！」

「妳最近越來越瘋了。」淑麗說，「阿香，妳還好嗎？」

「我才沒瘋，不要說我瘋！」我說，「妳不信我是海王國公主嗎？我父親是海龜國王，我是誤入人類世界的海王國熱帶魚公主。我父親很闊綽的，他擁有大皇宮，還有一堆言聽計從的侍從哦。他知道我們沒帶錢來人類世界，才給我們金卡，好讓我們去領錢。妳不信嗎？小傻也知道的。小傻對不對？」我望向小傻，不過他僅傻呼呼吐著泡泡。

該說話時，小傻卻老不說話……真是急死人了。

淑麗嘆口氣。

「不管了，」我說，「淑麗阿姨，妳是我最好朋友，我也一直把妳當最信任的長輩看。妳老實說，到底是誰偷走我的錢？」

淑麗未發一語，兀自整理手邊鋁罐。

「算了！」我說，「我自己查，朋友都靠不住的。」

我拉著小傻回我們地盤。

「看來淑麗瘋了，」我對小傻說，「她不知我們真是海王國的公主與王子，人類世界的人都瘋了，真可怕。對了，小傻，你剛才幹麻不說話？」

「不想說、懶得說、沒心情說。」小傻回答。

「真是！可是你應說話時就得說啊。要不我一人怎麼吵得贏人呢？」我又說，「該死，我們的錢到底到哪去了？」

我瞪一眼在遠處踩鋁罐子的三八花。她似乎聽見我在說她，看我一眼，樣子心虛。三八花最虛偽了，天天裝瘸子在街邊乞討，噁心死了，讓我想到可惡的海豚，就會裝可憐，向人類拍馬屁。且不僅如此，三八花還很可惡，最愛偷竊。小傻跟我來這裡住的第三天，被單就被她偷走。那可是我們費多少心機奪來的。

「走，小傻！」我說，「我們去找三八花討回公道！」

小傻遲疑不決，但我強拉著他往三八花走去。

「是不是妳偷走我的錢？」我劈頭就問。

「錢？」正用力踩黑松沙士鋁罐的三八花看我一眼。「妳有錢？有多少？」

「妳少裝蒜！」我說，「妳偷走我的錢，對吧？」

「淑麗說妳最近又更瘋了，看來真有那麼一回事。」她拿起剛踩扁的鋁罐，扔進白色布袋時說，「孩子，妳最近還好吧？」

「少來！」我說，「妳再不說老實話，我可要不客氣了。」

「阿香，」三八花說，「妳理智點，別再發瘋了。」

「去妳的！」我說，然後衝進三八花地盤，開始亂翻她東西。三八花打算阻止我，於是與我扭打起來。盛怒之下，我抓住她頭髮，往牆上撞去。我聽見她哀號。我再用力咬她乳房。她叫得更大聲。其他人見狀，紛紛靠攏過來。阿炮和阿郎把我們拉開。他們男人力大無窮，把我凌空架起。

「別拉我！」我吼，「三八花偷了我的錢！」

「我這裡哪有半毛錢！」三八花手撫著額頭說，「妳別再瘋了！」

「妳們這些王八蛋，老說我瘋，我哪裡瘋了。小傻，姊姊沒瘋，小傻，快跟大家說，我們是來自海王國的公主與王子，我們有錢的海龜父親給我們送來一張金卡，然後我們從銀行裡領了好多好多的錢……小傻，快跟他們說！」

可是，小傻只一個勁的吐著泡泡。

「小傻，你快跟他們說呀……」我又說。

小傻只傻笑著。

我抓住小傻雙肩，用力搖晃他，吼：「你快點說話啊，說話！你再不說話，別人可真要把你當傻子了……」

小傻又吐起了泡泡。

阿郎與阿炮搖頭嘆氣。淑麗也用同情眼神望著我。三八花哭喪著臉，低聲咒罵我是個瘋婆娘……

他們都不相信我。我深感委屈，於是蹲下哭了起來。「我的錢……我的錢……若沒錢，小傻跟我該怎麼辦？誰帶小傻看醫生？誰來幫我醫小傻？誰來幫我醫小傻……」

我望著吐著泡泡的小傻。

持續哭著。

我沒瘋……

真的，我沒瘋……

第20天　下午

小傻與我坐在便利商店前。

我們肚子餓時，就到這間便利商店。人類是奇怪動物，只要我們低頭不語坐在這裡，就會有人給我們食物。有時是飯團，或三明治，甚至還有便當。

大家都很善良。

真的。

上回就連一起跟著我們坐在這裡的脫毛狗也有得吃。

可是這裡卻有個討人厭的便利商店店長。他每次都要我們離開，因他認為我們有礙觀瞻。但小傻跟我就是不甩他，奇怪了，這裡又非他家，騎樓不屬公共場合嗎？我們坐在這裡關他什麼事？可是他有時很兇，小傻跟我受不了時，就先離開，一會後再回來。也沒辦法呀，誰叫我們的錢給偷走，金卡也莫名其妙不見，只好挨餓了。夏天挨餓還好，喝水就飽，但冬天，尤其在下雨的冬天挨餓，可真難受呢！

我看見身旁小傻冷得直發抖，嘴裡也不斷吐出泡泡，只好抱住他幫他取暖。我不能讓他有個三長兩短。

此刻，店長又走出來。下巴戽斗的他，聲音總分叉，聽來又討厭又好笑，像喜劇片裡的太監。

「你們這兩個小祖宗，」他說，「我求求你們快點走吧？別待在這裡妨礙我做生意。」

我們低頭不理他，反正他一下子就會離開。

「你們再不走，」他又威脅我們，「我就叫警察了。」

我們仍不理他。

他氣得直跺腳，像極了娘炮。

這時，一個男孩走了過來。

哇，他好帥哦，好像全身散發著光芒似的。

他的臉看來很熟悉，我應見過他，但一時想不起來。手拿一瓶咖啡與三明治、腋下夾著黑色手提包的他，站在討人厭的店長身旁，一直看著我們。

他這舉動讓我害羞起來。

後來那男孩跟店長說些話，只聽店長淡淡一句：「如果你能幫我解決就好了……」接著，便見他靜靜返回店內。

那男孩後來跟其他人一樣，給了我們食物。但跟其他人不同的是，他並非如施捨一般給完就離開，甚至陪我們吃。坦白說，儘管他很帥，但我不知他的目的為何，所以稍感害怕。

「小妹妹，妳是姊姊嗎？」那帥氣的男生問我。

我看他一眼。

這帥氣的男生會是便衣社工嗎？

應不是。

社工不會長得像他這麼帥的……

後來那男生跟我聊起天，我才知道，原來他實際年齡比外貌還小，僅二十一歲，所以我要他不要再喊我小妹妹，我也才小他幾歲而已。

不知聊多久，我們談到一些奇怪話題，例如討論誰才是正常人諸如此類的。總之，他說他不是正常人，接著突然把他褲管拉起。我嚇一跳，他腳是鐵做的。

真可怕，也許他是機器人。

不過這機器人未免也太帥了。

最後他給我一千元，又給我一張名片，並說，以後若需幫忙，可找他，後來便離開。

他走後，我才敢看他的名片，上頭寫著：

小說家　捷東

下面還寫著他的住址跟手機號碼。

捷東，他名字真好聽，像007，又像高級寢具的名牌。除性格外，又有一種軟軟的溫柔感覺。

「捷東……捷東……捷東……」我碎碎唸著。

我看一眼小傻。

「看姊姊一臉害羞樣子還真好笑。」小傻說。

我掩嘴笑著。

「厚，姊姊，妳戀愛了哦……」小傻嘲笑我。

「討厭，不要亂說話。」我笑望著小傻說。

後來我們當然離開那便利商店。若有錢，我才不願坐在那鬼便利商店前呢！每回都得見到那討人厭的店長，那死衰鬼。

討厭死了。

有這一千元，小傻跟我可去吃拉麵了。

「去吃拉麵吧？」我低頭看小傻。

「那當然！」小傻說。

那間五木拉麵館就在隔壁街道。

我們一進店裡，裡頭穿日本和服的小姐便喊聲「你拉啥你拉啥」，聽來是日語，可是有點髒髒的感覺。

我領著小傻進去。

店內有種竹子雜混拉麵的味道，很香。剛才那「你拉啥你拉啥」的小姐領著我們到角落位置。落座後，我環顧四周，才發現這間拉麵店的裝潢非常典雅，也很舒服。可是另一頭卻有個同樣身穿和服的女人一直注視我們，表情裡有絲嫌惡感，也許是我們太髒了。

小傻也注意到她那不友善的眼神，看我一眼向我求救。

「管他的！」我說，「我們有一千元。」

小傻點頭。「對！管他的，有錢就是大爺。」

另個也穿和服的服務生來到我們身邊，遞給我一張菜單。

「小妹妹，」她說，「你們怎麼自己來吃麵呢？父母呢？」

我接過菜單，搖搖頭。「不在，」我說，「我們沒媽媽，而我父親在海裡。」

她面露訝異，以為自己問了蠢問題。「海裡？……」她囁嚅問道，「那是什麼意思？」

「算了啦，」我說，「跟妳說妳也不會相信，所以不要問這麼多了吧。」

我打開菜單，幫小傻跟自己各點一份豚骨拉麵套餐，共三百二十元。那麼待會我們還可買些飲料。

在等麵空檔，我把捷東名片拿出再看一眼，同時發現捷東名片有股淡淡香味，很好聞。我再從口袋裡拿出一台MP3，那是我趁捷東坐在我身邊時，從他口袋裡拿來的。這MP3是白色的，圓形的，像顆高爾夫球。

小傻望著我，問：「那是什麼？」

「MP3，裝音樂的。」我說。

小傻面露疑惑。「裝音樂的？」

「等一下我示範給你看，你便會明白。」我說，並把MP3打開，螢幕隨即發出綠光。我把一個耳機掛上小傻耳朵，另個掛上自己耳朵。我輕按下播放鍵，開始有音樂出來。這首歌一開始是簡單吉他聲，後來有口琴聲，接著聲音很溫暖的男生開始唱起歌，很好聽。

忽然間，我發現自己隨旋律左搖右擺，才發現，這首歌旋律很熟悉，好像……好像……就是志鴻跟我之前在怡于咖啡館裡聽見的那首歌……

志鴻？

對對對，他是一隻大鯊魚……

他要吃我？

對對對，他張開血盆大嘴……

我逃……

穿過結界？

對對對，掉進了人類世界……

太陽很大……

一個男孩？

對對對，救了我……

男孩……

他的眼睛好迷人……令人難以忘懷的眼神……

對對對，我想起那男孩的身分了，原來他就是救了我的那男孩。

捷東就是那個男孩。

x3. 槍與面具

捷東抵達銀行時，裡頭僅有零星客人。儘管如此，他仍感到煩悶不已，他最痛恨替父親處理瑣事了。

就在此刻，他注意到方才遇見的小姊弟正從對街經過。面無表情的小姊姊領著表情呆然的弟弟往前邁著步。兩人皆未穿雨衣、沒撐傘的，令捷東心疼不已。

「小妹妹！」捷東喊。

他們未聽見。

「熱帶魚小妹妹。」捷東再喊一次。

他們仍未聽見。

一輛公車從捷東面前駛過——車身貼著一張粉黃色熱帶魚照片——他們即消失在捷東眼前。

不知何故，一股悵然襲入捷東的心。他摸摸臉頰，喝下最後一口咖啡，將咖啡罐丟入垃圾桶，接著走入銀行。

那位熱心腸的警衛總會指導捷東如何使用號碼機，這次也不例外。捷東總耐心聽完他介紹，才抽出號碼牌。他希望警衛對自己工作有認同感。

他抽到一〇六三，而號碼顯示器上是一〇五八。一男一女分別在一、三號櫃台前辦事，後面各有一位女人在等待，而二號櫃檯則休息中。

捷東看見右邊椅子上坐著一對夫婦，女人懷裡抱著一個看來一、二歲的女嬰。他稍感腳酸，走向前去，坐在男人身邊。一股油漆味撲鼻，捷東猜想，他也許是一位油漆工。

這時，一個警察走了進來。滿頭大汗的他，大概來例行巡邏。捷東見他倉皇跟警衛說自己內急，得去廁所。警衛隨即領著他到內部去。捷東見警察走入時雙腳緊夾，彷彿深怕什麼東西掉出來一樣，竟忍俊不禁。

一會，又走進一位頭髮明顯剛燙好的中年濃妝女人，懷裡還抱隻吉娃娃。她抽過號碼牌後，選角落位置坐下。

幾分鐘後，他聽見一〇六三的叫號聲，趕緊起身，到一號櫃檯去。

櫃檯小姐是個捲髮、微胖的輕熟女。

「早安。」櫃檯小姐朝氣勃勃的說，「今天很高興為您服務，請問先生您要辦什麼呢？」

「存錢。」捷東說。

「存款單填好了嗎？」櫃檯小姐微笑問道。

「糟糕，」捷東說，「我忘了。」

「沒關係。」她又說，「存款單就在您身後，請您去取，我等您。」

捷東轉身取存款單，並在櫃檯前填妥，再交給她。

「三百萬？您要存三百萬？」櫃檯小姐訝異問道。

捷東點頭，把黑色手提包放上櫃台，再將一疊疊鈔票交給她。捷東將錢取出時，周遭的人都盯著他看，讓他不甚自在。櫃檯小姐也察覺到，迅速將手續辦妥。

捷東離開櫃台時，隨手拿起右邊報架上的報紙，頭版下方廣告欄有隻粉黃色熱帶魚。他仔細看一眼，發現那隻熱帶魚與夢裡所見的如出一轍。

他將報紙掛回報架時，油漆工的孩子哭了起來。尚在辦手續的油漆工感到不耐其煩，大聲向老婆說：「妳這媽怎麼當的？吵死人了！生不出兒子就算了，還給我生個這麼吵的女兒！」婦人面無表情的安撫著孩子。

這時又有個打扮入流、身材標緻的漂亮女孩走了進來。儘管撐傘，她的衣服仍濕了。她將雨傘收起，握在手裡，水一路從手裡滴著進來。

捷東走到門口，發現外頭正飄著密雨，又折回，決定慢點離開。

就在此刻，兩個戴著面具、身穿鮮黃色雨衣的人走了進來。

「全部不許動！」個子較高、戴著海綿寶寶面具的歹徒吼道。那是女人的聲音。仍站在開飲機旁的捷東嚇了一跳。

「在場的人，不想吃子彈的話，全部給我趴下！」海綿寶寶又喊道。她身旁戴著派大星面具的歹徒個子相當矮，且窩在高的歹徒身邊，寸步不離，似乎很害怕。派大星身上揹著蠟筆小新書包。捷東感覺那書包似曾相識，但一時想不起在哪裡見過。

眾人都按搶匪指令趴下，捷東也乖乖照做。抱著孩子的婦人無法趴下，只能蹲著。「不好意思，」她說，「我有孩子。」

「妳能蹲著，」海綿寶寶說，「其他人給我趴好！」

中年婦人打算趴下時，懷中吉娃娃跳了出來，她趕緊喊一聲：「大衛，快點回來！」，但吉娃娃一溜煙的溜進銀行櫃台，隨即不見蹤影。

中年婦女以求饒眼神看一眼搶匪。

「妳給我趴好，狗不會有事的。」海綿寶寶說。

中年婦女也只好乖乖趴下。她的動作相當忸怩，彷彿深怕弄髒身上那套粉紅色香奈兒。而打扮入流的女孩也許已發現自己忘記取號碼牌，這當下，已蹲在號碼機旁。她在抽過號碼牌後，迅速趴下。

「你們別輕舉妄動喲！」海綿寶寶又說，「我這可是真槍！不想死的話，就乖乖配合。」語罷，她將手高擎在空中甩來晃去，看來十分嚇人。

「而且我不想傷害人，但若有人亂來，我就不敢保證喲。」海綿寶寶補充道。

語畢，海綿寶寶拉著派大星到一號櫃檯前，並將他身上書包卸下，放上櫃台。派大星仍害怕不已，揵東看見他手緊抓著海綿寶寶的雨衣。

「我只收千元鈔票，幫我裝滿！」海綿寶寶落落大方的說，「動作快點！」

此刻從捷東角度無法看見搶匪跟櫃檯人員的情況。他僅大概聽見海綿寶寶不耐煩的說：「別廢話，再廢話，我就賞妳個痛快！」

這時，捷東發現海綿寶寶忽轉頭，似乎盯著他看。捷東稍感害怕，眼神直往地下看去。一會，海綿寶寶又將頭轉回櫃台。

這時傳來孩子哭聲，原來是婦人的小孩哭了。

「快讓小婷安靜下來！」油漆工對婦人喊道。

「對不起，」婦人對海綿寶寶說，「孩子哭了，我會試圖讓她安靜，不好意思……」婦人連忙安撫孩子。

「讓她閉嘴！」油漆工又喊。

海綿寶寶這時往婦人方向走去，派大星緊跟著。她的槍口朝著孩子，致使婦人驚懼不已。然而她接下來舉動卻出乎眾人意料之外，她竟用槍托撫起孩子面頰。也許是槍的冰涼感，孩子頓然安靜下來，還好奇盯著海綿寶寶看。捷東見她把雨衣撩起，從口袋裡掏出一顆糖，遞給婦人。

海綿寶寶轉身回櫃檯之際，用力踹油漆工一腳，並說：「給我安靜點！」派大星也跟著踹一腳。捷東看見婦人這時竟啞然失笑，油漆工狠狠瞪她一眼。

「快點！」海綿寶寶又對著櫃檯小姐叫道，「妳動作真慢，我趕時間呀，妳再慢吞吞，我的子彈就要飛出來了。」

「我在趕了。」捷東聽見櫃檯小姐以顫聲說道。

此際，捷東看見方才進去廁所的警察忽現身。舉著槍的他沿著牆壁，悄聲無息的走著。那傻裡傻氣的警衛雙手扶著警察腰際跟在他後面。躡手躡腳的兩人，像在玩火車遊戲的兩個孩子。

他在櫃台旁止步，手指在板機上，準星瞄準海綿寶寶。

大概過十秒，現場便響起槍聲，一陣淡淡火藥味隨之彌漫四處。

事情發生得猝然，捷東看見海綿寶寶頭部中彈——鮮血自她腦後噴灑而出——瞬間倒了下來。

銀行頓時鴉雀無聲，捷東也愣住了。而那位警察大概也難以置信自己槍法竟如此神準，一直維持著開槍姿態。

死寂無聲景況持續好一陣子。

好一會，中年婦人率先站起身子。一手摀住嘴的她，似乎不敢相信眼前情景。捷東見她深呼吸幾回，接著很快跑向櫃檯，原來打算找她的狗。說也奇怪，吉娃娃這時恰好也跑出來。中年婦人見狗出來，蹲下，打算抱起狗時，沒料到，牠卻直奔向倒在地的海綿寶寶。捷東隨即聽見尖叫聲，因她的愛狗竟舔起地上的血來。她趕緊抱起狗，以手巾擦拭狗嘴，一面說：「別亂舔，髒死了，壞大衛壞大衛……」，接著把擦過狗嘴的手巾扔在血灘上後即離開。

油漆工隨即也站起身子，並碎碎唸著，甚至還咒罵老婆幾聲。他老婆不敢回話，一副唯唯諾諾的樣子。

「真是倒楣！」油漆工抱怨道。

隨後他也領著老婆與孩子離開，而婦人也許受到那顆糖的恩惠，臨走前給了躺在地上的海綿寶寶不捨一眼，並將那顆糖扔在她身上，似乎害怕自己因那一顆糖而成為共犯。而打扮入流的女孩最後才站起身子。捷東見她不斷看著自己手機，著急不已，且嘴裡念念有詞，原來在惋惜未能及時能錄下搶案過程。不過接下來，亡羊補牢一般，她趕緊用手機補拍倒在地的海綿寶寶，還連拍數張。拍攝完不久，她手機不斷傳來Line聲響，應是她把照片傳給朋友所得到的回應吧。接著捷東見她接起電話，不斷對電話另一頭說：「好可怕，真的好可怕哦……」，並開始哭泣。一旁警衛見她哭泣，連忙從口袋裡拿出藍色格子手帕，打算給她擦淚。她看一眼他手帕，嫌髒似的瞬間露出白眼，又繼續對電話哭泣，一面離開銀行。

跟銀行無關的目擊者們除捷東外都走光了。銀行人員彼此交換無辜眼神，而神槍手警察仍持續愣怔著；手拿手帕的警衛則呆呆望向銀行門口，一臉悵然，彷彿十分捨不得那美麗女孩的離去。

這當下，每個人都紋絲不動，猶如電影裡的靜止畫面。

僅剩派大星仍處於動態中，他蹲在海綿寶寶身邊，慌張得直哭。

「崽崽…崽崽……」發音不甚清楚的他推著海綿寶寶喊「姊姊」。

捷東這下才想起蠟筆小新書包的主人。原來他們正是剛才在便利商店前遇到的小姐弟。

這時，銀行仍死寂無聲，除了派大星的哭聲。

y4.珍珠奶茶

第20天 傍晚

小傻跟我吃完香噴噴拉麵後，跑去隔壁五十嵐，並用捷東給我們的錢買了六杯珍珠奶茶。

小傻喜歡珍珠奶茶，因他是螃蟹，所以喜歡圓圓的珠子。

一千元扣掉拉麵及珍珠奶茶，大概剩三百元。我本打算招計程車回防空洞，但想想三百並不多，還是搭公車好了。等了半小時，公車總算抵達。不過我們上車時，公車司機表情明顯不悅，可能是我們太髒，又太臭了。但我不在意，反正我會付錢。在人類世界，若你有錢，就算滿身大便大概也無所謂。

後來我打開MP3聽裡頭的歌。不知怎的，那首歌很讓我安心。聽著那首歌，讓我彷彿回到捷東救我的那一天，我躺在他手掌心的感覺……

我們回到防空洞時，大家都在。原來是阿郎下午成功從附近鴨舍偷了兩隻鴨來，今晚準備烤肉。我把珍珠奶茶分給大家。淑麗眉開眼笑，在喝下一口後，大感滿足的說：「久違的珍珠奶茶實在太好喝了！」三八花也是珍珠奶茶的超級大粉絲，在接下珍珠奶茶時，連聲跟我道謝呢。

「三八花，」我對三八花說，「上次很抱歉，我不應隨便指控別人偷我錢。」

「沒事沒事，別放在心上，事情過去就算了，」三八花嘰咕咕笑著，又說：「阿香呀，妳正常時，真是可愛的小妹妹，謝謝妳的珍珠奶茶呀，太好喝了。」

「我才沒瘋，」我說，「小傻跟我真來自海王國，且真有錢。我用金卡在銀行領了好多好多的錢。為何你們總不相信我呢？」

「是、是、是。」三八花說，「妳是海公主，妳弟弟是海王子，且你們超級有錢，這樣總行了吧？」

三八花、淑麗還有我三人忍俊不禁。旁邊的阿炮和阿郎側眼看我們一眼，也喜笑顏開。小傻則呼嚕呼嚕吐出泡泡。

「不過你們怎麼有錢買珍珠奶茶呢？」阿炮問，「還是五十嵐的，不是很貴嗎？」

「遇到好心人給我們一些錢。」我說。

「好心人？」三八花說，「不會給人占了什麼便宜吧？」

「占便宜？那是什麼意思？」我問。

「妳別胡說！」淑麗收起笑容對三八花說。

三八花嘻嘻笑了兩聲。我感到納悶。

正拔鴨毛的阿炮說：「這鴨可肥了，妳們今晚有口福了。」

「可是我們下午吃了好大一碗拉麵，」我說，「晚上吃不下了。」

「但小傻一定吃得下。」阿郎看著小傻說，「對吧？」

小傻似乎聽懂了，呼嚕呼嚕吐出泡泡。

很快到了晚上。

小傻跟我躺在我們地盤，準備睡覺。

淑麗身旁那盞黃色燈光很足夠了，至少不是全黑就不會令人害怕。我看見防空洞上方的露珠因燈光閃閃發亮，像星星，猶如我們是躺在溫暖室外。

這時他們幾人都睡了。阿炮與阿郎已開始打呼，三八花也不斷磨牙。淑麗的睡眠習慣最佳，不過經常說夢話，甚至幾次說到哭泣。夢裡的她總喊著一個孩子的名字。我曾問她是不是她兒子，她說不是，她這輩子沒小孩。我覺得或許她說謊，但我選擇相信。人人都有創造人生的權利——尤其當人生很殘酷的時候。

我拿出捷東的MP3，打開，綠光從MP3螢幕裡發出，在防空洞裡很顯眼。

「姊姊，我也要聽。」小傻說。

我把右耳耳機拿下，塞入小傻左耳。

我輕聲跟著唱：

夢是蝴蝶的翅膀　年輕是飛翔的天堂
放開風箏的長線　把愛畫在歲月的臉上
心是成長的力量　就像那蝴蝶的翅膀
迎著風聲愈大　歌聲愈高亢

小傻說，姊姊唱歌真好聽。不過才說完不久，小傻輕輕的鼾聲就傳了出來。

過了數日。

第28天　中午

小傻與我在電話亭裡。我手捏著捷東名片，忐忑的撥打了一通電話。電話響很久才有人接。

「喂？」

我聽見捷東聲音。一下子太緊張，所以又把電話給掛了。

「小傻，」我對小傻說，「還是你打吧？姊姊會緊張。」

「又不是我要談戀愛？」小傻說，「妳自己打吧。」

「小傻，你真是的。」我笑望著小傻。

後來我還是打了電話。這回電話仍響很久無人接聽，後來我聽見一聲「喂？」

我感覺我的心噗通噗通跳著。

「請問是捷東嗎？」

「我是，您是？」

「我是……我是……」我不禁結巴起來（我看見電話餘額一直往下掉），「我是……」

「您是？找我什麼事嗎？」

「我是上次你在便利商店前遇到的……」我又緊張到無法言語。

捷東此刻也沒說話。

「妳是熱帶魚嗎？」捷東問。「妳是熱帶魚嗎？熱帶魚小妹妹？」

「對，」我說，「我是。」

「妳最近好不好？」捷東口氣很溫暖。

「我……跟小傻，就是我弟弟，你給我們的錢花光了，我們很餓……」我說。

「妳還記得上次的便利商店在哪裡嗎？」捷東問。

「記得。」

「妳在那裡等我，唔我不知道你們位置，但我十分鐘後就到。」捷東說。

「好的。」我說，電話也剛好切掉，餘額已用完。

我看著小傻，小傻也看著我。他說：「姊姊戀愛了……姊姊戀愛了……姊姊笑得好漂亮……」

說完電話，我們便往那間便利商店徒步走去。

這時天仍下著雨，但我們都樂不可支，所以一點也不覺冷。小傻雀躍的跳著，我看著他，也忍不住跳了起來，就像兩隻小麻雀一樣。我們抵達便利商店時，像以往那樣坐在店前。我眺望店內一眼，發現那討人厭的戽斗店長並不在。今天一切都很美好。

果真，不久後，捷東抵達了。

他看見我們時，露出溫暖笑容，讓我全身都熱了。他摸摸小傻衣服，說我們怎麼淋雨了，又說淋雨不好，易感冒。他又問我們是否有衣服可換，我搖頭。他於是帶我們到附近的兒童服飾店。我買了一件粉紅色裙子，和一件上頭有熱帶魚圖案的粉黃色T恤；弟弟買一套蠟筆小新衣褲和藍色運動鞋，上頭恰好有螃蟹圖案呢。捷東原要我們立刻換上，但我們著實太髒，決定先去捷東家，洗澡後再換。

捷東家寬敞又漂亮，以白色為基調，感覺很前衛。電視大且薄，像一片塗了濃濃巧克力的大餅乾。上頭櫃子裡還有一隻逼真的海龜木雕。我拍拍小傻身子，要他看那隻木雕。我們忍不住大笑。

「笑什麼呢？」捷東問。

「那隻木雕好像我父親哦。」我嗤嗤笑說。

「妳父親？」捷東不解，「那可是一隻海龜耶！」

「對呀，」我說，「我父親是隻海龜，但我是隻熱帶魚。」說完，我又笑了。

「妳真是熱帶魚？」捷東笑著問我。

「對呀，我是熱帶魚，但我父親是海龜。聽來很滑稽，但就是如此。而我弟弟小傻是螃蟹。」我又說，「對不對，小傻？」

小傻未回應我，僅傻呼呼笑著，嘴裡不斷吐出泡泡。

「你肯定不相信我吧？」我說，「這世界沒人相信我……」

捷東搖頭，說：「不，我相信妳呀。」

「真的？」

「我一向認為，這世界並無什麼是必然值得不相信的。」捷東露出淺笑，「且我家也差不多，我爸是脾氣壞的老猴子，我媽是愛打扮的狐狸精，而我呀，是隻笨驢。」說完，他露齒而笑。捷東笑容很好看，好像會發光。

「所以你來自野生王國嗎？」我一派認真的問。

「野生王國？」捷東說，「怎麼可能，我說笑的。」

「可是我不是開玩笑哦，我真是熱帶魚公主。」我說，「原來你跟別人一樣，也以為我在開玩笑。」

捷東面露尷尬神情。「對不起，但我願相信妳。」

「沒關係。」我說，「不勉強。」

捷東後來領著我們到浴室去，說：「你們在這裡整頓自己吧，天氣這麼冷，先把身子弄乾再說，」他頓了一下，搔搔頭，又說：「我想你們也需洗個澡。」

我點頭。

捷東離開後，我抽出幾張馬桶上的面紙，將小傻的臉擦乾淨。但面紙擦不掉他臉上的口水痕。

這時，捷東又敲門。我把門打開。手上抱著兩套衣服的他說：「你們忘記把剛買的衣服拿進浴室了。」我接下衣服，向捷東道謝。

再次關上門後，我將毛巾沾濕，用力將小傻的臉擦乾淨，尤其他嘴邊口水痕，再把他髒兮兮的手，徹底揩淨。可是這會，小傻又呼嚕呼嚕吐出泡泡，我又將他嘴邊泡泡抹去。若以泡泡數目計算，小傻大概已吹出超過台灣人口數的泡泡了吧。

我接著把小傻衣服脫掉，替他洗澡。愛洗澡的小傻，總洗得連眼睛都瞇起來。我替小傻洗完澡後，再將他身子擦乾，穿上新衣。不過衣服尺寸顯然過大，看來鬆鬆垮垮，但不致難看就是。衣服穿好後，我將小傻帶出浴室。

一跨出浴室，烤土司香味撲鼻而來，同時也聽見自己肚子咕嚕咕嚕聲音。原來我已許久未進食。我看一眼小傻，他正盯著吐司看，顯然也餓了。

「捷東，」我說，「你可先幫我看著小傻嗎？我還得洗澡。」

「沒問題。」他說，手比ＯＫ手勢。接著向我們走來，將小傻一把抱起，讓他坐上餐桌旁的椅凳。

於是我又回到浴室，洗個澡，把頭髮也徹底洗淨。把身子擦乾後，我穿上捷東替我買的新衣。熱帶魚穿熱帶魚T恤，讓我感覺找回真正身分。

我回到廚房時，捷東正煎著雞蛋。這時他穿著短褲，且未穿義肢，看來有點可怕。小傻見我過來，立刻跳下椅子跑向我。

捷東發現我站在他後面，轉身，說：「不好意思，我在煎雞蛋，一會就好。」

「好的。」我說。

「妳跟小傻過去坐吧。」他又說，「冰箱裡有柳橙汁、牛奶，你們自己來，別客氣，把這裡當自己家就好。」當我聽見「家」時，內心有種奇怪感覺。

我帶著小傻坐上椅子。

捷東用鍋鏟將煎得像小太陽的雞蛋填上盤子，一面說：「我已訂了比薩，等會就會送達。我家裡沒多少可吃，只有幾片吐司，而荷包蛋和火腿是我僅會的料理。」

「謝謝。」我說。

他轉過身子，將裝有荷包蛋與火腿的盤子置上桌，接著跳到冰箱前，把冰箱打開，原本拿出柳橙汁，但不知為何又放回，再拿出鮮奶。

他把鮮奶打開，擺上桌，說：「你倆先吃吐司填肚子，待會再吃美味的比薩。」

我將蛋夾入土司，遞給小傻，再幫他倒杯鮮奶。

「你不吃嗎？」我問捷東。

他拿起吐司，咬口。「妳也吃吧。」

我點頭，再將蛋夾入另片吐司。

「對了，你們現在住哪裡？」捷東問。

「海王國啊。」我說。

「海王國？」捷東嚼著吐司，一面問，「妳每天都得往返海王國嗎？」

「沒有。」我說，「我們只能待在這裡60天，要不……」

「只能待60天？」捷東問。

「對，」我說，「我們得找到……沒啦，反正我們不能待太久，要不會有嚴重後果的。」

「後果？」捷東更加迷糊，「什麼後果？」

「不知道，」我說，「水母堂姊忘記了。」

「水母堂姐？」

「總之，說來話長……」我說。

「那你們現在住哪裡？我不是指海王國，而是你們真正住的地方。」捷東替我倒杯鮮奶，自己也斟一杯。他喝下一口，嘴上細鬍不慎沾上鮮奶，很好笑，像個孩子。

「防空洞。」我說。

「防空洞？」

「對，在鳳鼻隧道附近。」

「只有你們兩人嗎？」

「不，」我說，「還有淑麗、三八花、阿炮跟阿郎，我們是遊民防空幫。」

「遊民防空幫？」

「對呀，」我說，「很酷吧？」

捷東點頭。「那裡環境怎麼樣？」

「很好。」我說，「只不過下雨時會有太多蛞蝓，小傻會亂啃。」

捷東忽默不作聲。我咬下一口吐司。

「那你們父母呢？」捷東問。

面說。

「我跟你說過了。我只有海龜父親，但他是同性戀，所以我們沒媽媽。」我一面嚼吐司一面說。

「那是海王國的父親吧？」捷東又問。「現實生活中呢？」

「什麼現實不現實，海龜父親就是我們唯一父親。我們在人類世界當然非親非故的。不信的話，你可問小傻？小傻，對不對？」

但小傻未回應，只傻愣愣吐著泡泡。

「他這傢伙很害羞，在外人面前從不說話，很傷腦筋呢。」我說。

捷東摸摸小傻的頭。

小傻已吃下幾片吐司和一顆蛋，看來仍餓。捷東起身，打算再烤兩片吐司。他站在烤麵包機前，好像發著呆。半晌，我聽見麵包機叮的一聲。捷東拿起烤好的吐司，跳了回來。

「捷東，」我問，「你的腳怎麼了？」

「說來妳可能不信，」捷東說，「我小時候，在非洲玩，被河馬給啃掉的。」

「河馬？」我訝異道，「河馬不是很乖，像大象一樣嗎？」

「不不不，河馬一點也不溫柔，」捷東說：「而且咬我的還是一隻很嚇人的河馬喲，又胖、又大，脾氣又壞的大河馬喲！」

小傻聽了，嘻嘻笑了起來。

x4. 天使餐車

一個星期三的早上十點半。

身穿黃色圍裙、頭綁誇張紅色蝴蝶結的阿玫在一台名叫「天使餐車」的小貨車旁，一臉疲態。

在煎爐前那高瘦、白皮膚的發呆男子是阿翔。他是餐車的主人，也是阿玫的前大學同學，與阿玫以姊妹相稱。他因對文學沒興趣而輟學，之後遠赴紐約流浪半年；返國後未繼續唸書，而在唐榮工業區前經營行動早餐車。阿玫沒課時就過來幫忙。

阿翔對她從不吝嗇；每回她來幫忙，能獲當日一半利潤。阿翔說，阿玫來打工的日子業績能翻兩到三倍，就算給她二分之一利潤，仍比平日賺得多。

在育幼院長大的阿玫也因此能自立生活。兩人之所以能成為好友的其一原因是個性相似：

他們都很獨立、不愛倚靠他人。儘管阿翔出身富裕，但老早就因性向問題跟父親斷絕來往。不過他母親常私下塞錢給他，但阿翔從不收。而身為孤兒的阿玫跟捷東同居的事在他們的生活圈子不是新聞，每回聽到有人不明就理批評她靠男人養，阿翔就會替她反擊；他知阿玫是因愛而與捷東同居，且從不花捷東的錢。

這時阿玫忽尖叫，阿翔翻起白眼，說：「妳鬼叫什麼呀！」阿玫指向對街警車。「怎麼又來啦！」阿翔嘖一聲，接著將所有東西往車內一丟，迅速關上蓬架，再拉阿玫上車。

阿翔發動車，猛踩油門，疾行百尺後，轉入巷子裡，再左轉，打算從另條路殺出。正好綠燈，他打算直衝過去，但抵達路口之際，有個冒失男人忽衝出，阿翔猛踩煞車，阿玫不住尖叫。

那男人跌坐於地，車幸好在他面前及時停下，未釀成大禍。阿翔搖下窗，往窗外怒罵三字經，音調儘管高，仍頗有架式，像個罵街大嬸，也引來路人側目。

阿玫這時發現那冒失鬼不是別人，而是捷東。更讓她吃驚的是，一個女人隨後追了過來，並將捷東扶起。她親密照料捷東的模樣，讓阿玫很不是滋味，忍不住用力按幾次喇叭。

阿玫明白捷東愛自己，但也知他之前深愛筱亞。原因很簡單，因身為知名愛情美女小說家筱亞的一本熱銷作品《單腳男孩》，正是她與捷東的故事。筱亞在書裡說，她是捷東鄰居，也是他青梅竹馬。書裡鉅細靡遺描述捷東的人生悲劇，包括他喪母與身障的背景，甚至還提到，她跟他一樣來自單親家庭，兩人相知相惜一起長大。書裡也提到，捷東與筱亞儘管自小認識，卻在高中才談起戀愛。僅延續不到一年；分手是筱亞提的，原因是，她認為自己誤把友情當愛情。不過她很高興自己與捷東無結果，她在書裡說，兩人正因沒愛情，反讓他們感情更堅固。

「我一直都愛他，且將愛他到永遠，不過愛他如親人一般。」這是《單腳男孩》裡的最後一句話。

捷東曾與阿玫提及，筱亞是他人生中最重要的朋友。而阿玫是個大度女孩，一直以來都相信捷東，不反對他與筱亞繼續來往。但在內心最深處，她仍視筱亞為敵人。

「捷東怎麼了？」阿玫下車後冷冷的問。阿玫發現筱亞比上次見面時更纖瘦、美麗，不知怎的，她很不高興。阿翔隨後也下車。

「他昨晚打給我。」筱亞見到阿玫時略顯吃驚，「我陪了他一夜。」

「他喝了酒？」阿玫聞到酒氣。

「對呀，他說他心情不好，但我可沒要他喝酒，我抵達時他就已爛醉了哦。」筱亞解釋。

「他怎麼了？」阿玫又問。

「其實我還正想問妳呢！妳應好好照顧他。妳沒發現他整晚不在嗎？」筱亞質疑。

「昨晚我住阿翔家……」阿玫稍結巴。

筱亞以批判眼神看著阿玫，冷笑一聲。阿翔對筱亞興師問罪的態度不以為然，於是替阿玫反擊，說：「她一直把他顧得很好。」阿翔一直以來討厭極了筱亞，他覺得她非常自傲；此外，他也讀過《單腳男孩》。他告訴阿玫，他在書裡感受到筱亞對捷東的佔有欲：他認為儘管他倆已分手，筱亞仍認為捷東是她的。

「剩下我來吧。」阿玫說，「謝謝妳照顧捷東。」

「不用謝我。」筱亞說，「這我應做的。」

正當阿玫扶捷東上車之際，警車緩緩抵達。接著一個胖胖的眼鏡員警下了車，面無表情的將罰單交給阿翔。

y5.薰衣草

第28天　晚上

捷東要我們住下來，我們就住下來。小傻跟我都高興不已，因捷東家實在太舒服，像城堡，大概只是比較小一點。

小傻與我睡在他房間，而他則睡客廳沙發。對此安排，我感到不自在，但在他堅持下，繼續婉拒就很假仙了吧。不過我整晚睡不好，並非因房間不舒服哦，而是不知怎的，我的喉嚨猶如被什麼東西黏著，一直有種悶悶的感覺，很討厭的，我很努力想把它清除掉，卻怎麼樣也清不掉……

就這樣半夢半醒許久，我看一眼捷東床上的米妮鬧鐘，時間是早上六點半。總算天亮了。

我把窗戶打開，仍在下雨，且灰濛濛的，竹北就像一隻灰頭土臉的大熊。

我走出捷東房間時，見他在沙發上念書。對他也這麼早起床，我稍感訝異。也許他也跟我一樣整晚沒睡？

我到他身旁坐下。

「捷東，」我說，「真不好意思，是不是沙發不好睡，所以你整夜沒睡呢？」

「不是的，」他說，「我一向睡不好，也許是止痛藥吃太多了。」說完，他淺淺一笑，「因幼時截肢，我養成吃止痛藥的習慣。」

「嗯。」我說。

「妳睡得好嗎？」他問。

「也睡不太著。」

「為什麼？」

「我也不知道。」

「弟弟還在睡嗎？」

「是呀。」我說，「還睡得呼嚕呼嚕的呢。」

捷東莞爾一笑。

看著他的笑容，我把眼睛閉上，希望他能親我。這想法很奇怪我知道，但我就是希望他能親我。只可惜，捷東沒親我，讓我很失望。

當我眼睛睜開時，捷東又在念書。模樣像個雕像，迷人的雕像。

我伸手摸捷東下面，軟軟的。捷東嚇一跳，連書都掉下來。

他直直盯著我，一臉驚恐。

「你不喜歡嗎？」我問他。並伸手打算繼續摸，可是他抓住我的手。

「並非喜不喜歡的問題，」捷東說，「妳不能這樣做……」

「為什麼？」我問他，「男人都喜歡我這樣做。」我拉起上衣，讓捷東看我胸部。

「妳不要這樣……」捷東又說。

我把衣服放下，捷東的反應讓我羞愧不已。捷東這時站起身子，刻意別過身去。

「你為什麼不喜歡？」我問他。

「這是私密動作，不是對每個人都能做的。」捷東說。

「我們不夠私密？」我說。

「這是情侶才能做的事，」捷東說，「要有愛才能做……」

愛……

捷東說到了愛……

那到底是什麼？……

「總之，妳不能隨便對別人做這動作，這是極不禮貌的，」捷東轉過身來看著我，「妳能理解嗎？」

這下換我沉默了。

我不理解，我真的不理解……

就在此刻，我聽見哭聲。那是小傻的哭聲。每次起床他總得哭個幾聲，像個鬧鐘。我進房，坐在小傻身邊，輕聲安慰他。捷東這時也進來，陪著我安慰小傻。幾分鐘後，小傻停止哭泣，並跟我說，他想尿尿。

接著我帶小傻去廁所。在廁所時，我一直想著捷東說的話。我不明白他為何不喜歡，是因我不夠漂亮嗎？他還說，人與人之間需存有愛情，才能發生親密行為，所以他跟我之前，那些行為是不允許的。但很奇怪的是，我跟那個可怕的男人也發生過那些行為，但我很不喜歡，因為會痛，且感覺很噁心。不過他很喜歡，我若不配合，他會生氣，還會打我。之前也有一些奇怪的人要求我做那些行為，甚至要給我錢，只不過我覺得他們很噁心，所以拒絕。但有時小傻跟我肚子餓到受不了時，我還是會答應啦。可是捷東卻不願我對他做那些行為，還說，那些行為需有愛才能進行。那令我匪夷所思。此外，我想跟捷東做那些行為，是想讓他高興，那代表我愛他嗎？若是，那他愛我嗎？什麼樣子才叫「我們之間有愛呢？」

小傻這時忽說：「姊姊，我們可以一直住在這裡嗎？這裡好舒服，害得我都不想回防空洞了。」

「這個我也不知道，」我說，「但事實上，防空洞也不差呀，難道不是嗎？」

「我喜歡捷東哥哥，」他說，「而且比薩好好吃，妳幫我問問捷東哥哥好嗎？看他能否讓我們住在這裡。」

「我才不要咧。」我說。

「姊姊，問啦，我想住這裡。」小傻又說。

我們出廁所時，捷東跟我說，讓我們忘了剛才的事。但我必須記得不能再對不熟悉的人做那樣的事。他的眼神很嚴肅，讓我稍感害怕。但下一秒，他露出笑容，問我們是否會餓，並表示要帶我們出去吃早餐。這時，小傻以渴望眼神望著我。我明白他意思，於是問捷東：「小傻想知道，我們是不是能在這裡多住幾天？」當我說這話時，臉都紅了。

「小傻想知道？」

我點頭。

「基本上，」捷東說，「你們可把這裡當做自己的家，住多久都沒關係。」

「真的？」我問。

「當然是真的。」捷東說。

對此，我很感激。小傻這傢伙也很高興。我要他跟捷東道謝，他卻不語，僅呼嚕呼嚕吐著泡泡。

後來捷東帶我們去吃早餐。出門時，天還在下雨。不知怎的，這時雨水是彩色的，很奇怪，但真是彩色的，像一顆顆彩色鑽石。當雨水落在我的手上及街道上時，又成了一般雨水。街道跟平日下了雨的街道並無二致，但天空卻被滿滿的顏色給占據，實在好美麗。我一度以為這一切是我幻想，你知道，因這一切不太實際。但街道上的人通通駐足，大家都在看這美麗的彩色雨水，就連捷東也是。有時當你目睹一件不尋常的事時，你會懷疑一切來自自己幻想，但當眾人成了你的證人，你也就不得不相信了。

儘管下著雨。吃完早餐後，捷東仍堅持帶我們出去兜風，去一處名稱很浪漫的地方——「薰衣草森林」。期間他還教我們認路。我們從頭前溪橋轉上68快速道路，不久後就抵達竹東。他說：「不過薰衣草森林還要開很久哦，還得再爬很高很高的坡。」

不知爬了多少坡，總算抵達薰衣草森林。因下雨，所以園內稍感冷清。裡面有些人類刻意打扮成仙子，讓我想起以前去過的森林王國。不過人類假扮的仙子很滑稽，像智商不很高的樣子。那裡比較吸引人的是那些漂亮的花花草草，只可惜我叫不出名來。很多遊客出雙入對，不時喁喁私語，很羅曼蒂克，且顯得很開心，讓我羨慕不已。也許那就是愛情的樣子吧。

「捷東，你有沒有愛的人呢？」我問捷東。

「曾經有。」捷東說，「但目前我們不在一起。」

「為何沒在一起，難道愛也會消失的嗎？」我問。

「那是大人世界的事。」捷東說，「說了妳也不懂。」

「其實你也才大我沒幾歲。」我說，「為何老用大人口氣跟我說話？」

捷東露出淺笑。

「其實愛情很複雜，也很難說得清。我們永遠不知為何而愛，且愛若消失，我們也永遠不知原因……」捷東說，「總之，愛情裡的為什麼總沒解答的。」

x5.烤吐司、咖啡、陽光

早晨十點。

阿玫才剛睡醒，發現捷東不在身邊。

她坐起身子，稍撫一下頭髮。

捷東返家後不久便清醒。阿玫問他為何喝酒，捷東只簡單表示，有些心煩的事。阿玫打算追問他為何打給筱亞而不打給自己時，捷東卻吻起她，並揉摸她雙乳，阿玫打算抗拒，卻發現自己激烈回吻他，也才發現自己極度渴望他……

但那是美好記憶，阿玫回想時，忍不住在床上竊笑。此外，那場激情也讓她安心不少。

捷東已在樓下好一陣子，僅著白色四角褲的他，正煎著雞蛋。陽光從廚房窗戶透進來，讓捷東赤裸的上半身彷彿發著光。

捷東煎了兩顆蛋、兩片火腿，烤了四片吐司，也煮了一壺咖啡。他坐在椅子上，手撐著臉，發呆著。

這時阿玫從樓上下來。已打扮妥善，綁著馬尾的她，像個大一新生。捷東看她一眼，認為她很性感。

「真香耶！」阿玫說，吻捷東一下，坐在捷東身邊。「今天起得這麼早？」捷東替她斟咖啡。

「失眠。」捷東說。

「為什麼失眠？」阿玫啜口咖啡，「昨晚我也感覺你整晚翻來覆去。」

「不知道。」捷東又說，「就是睡不好。」

阿玫拿起烤土司，啃一口，又將土司放回去。她看捷東一眼，很想問問他到底怎麼了，卻不知如何啟口。畢竟前晚兩人才談過，而捷東顯然不想談。

這時他們聽見開門聲音。

捷東撇頭往客廳方向望去，看見身穿西裝、蓄著鬍子的老杜走了進來，身後跟著濃妝豔抹的阿珍。兩人臉都相當臭，顯然吵架了，各據沙發一頭，不發一語。捷東與阿玫互看一眼。

阿玫喝口咖啡，說：「我想走了，你要不要跟我去上課——美國文學？」

捷東搖頭。「我下午有事。」

「你最近在忙些什麼？」阿玫問，手捧著他右臉蛋，撫著他鬍碴問，「你很久沒跟我去上文學課了？怎麼，是老師上得不好？」

「不是，我今天有事。」他說。

「什麼事？」

「沒什麼。」他又說，「妳去上課吧。」

阿玫點頭，眼神裡露出落寞之情。

阿玫離開後，手拿咖啡的捷東，另一手撫著欄杆，單腳跳上樓。他懶得理老杜與阿珍；他並非討厭他們，只是不喜歡關心他們的事。

他回到房間後，打開電視。

電視正播著時事討論節目，主題恰好是上回他在銀行碰上的搶案。那已是多月前的事。該搶案當時是最熱門的新聞議題，媒體幾乎二十四小時從不間斷播報；此外，自銀行外流的監視器影像被上傳至YouTube後，短短幾天內即破百萬次點閱率。台灣媒體甚至將之形容為「有史以來最具爭議的社會事件」。媒體並未誇大，其中確有太多新聞價值，如搶匪僅是十四歲少女，且手持玩具水槍，卻連水也未有，而她的「同犯」只有四歲，還是智能障礙的小男童。且他們身世淒涼。少女母親是越籍新娘，在生下她後不久即因受不了丈夫而離家；據了解，那是因他太難令人忍受，不僅不工作，平日也只會喝酒、賭博，還有胡亂發脾氣、對人拳打腳踢等。而少女在家中也無其它可依靠的成員；她的祖父母在她出生前離世，而她父親是獨生子。後來少女同樣因無法再忍受父親，而帶著弟弟離開。兩人在外流浪多時，靠乞食為生。有時碰上善心人士，可飽餐一頓。但也非天天都幸運。後來實在是餓得受不了，才鋌而走險搶銀行。誰知他們運氣那麼差，第一次出手即栽觔斗。

然而，如同其他新聞事件一樣，一段時日後，健忘的台灣人早將這起事件拋諸腦後。不管事件多震撼，若無新材料，新聞價值總逐漸消失。這起事件之所以回鍋炒是因一本名叫《目擊者》的圖文書。

該書書封很嚇人，就是少女倒地情景，只不過血跡部份被淡化。《目擊者》甫上市即大賣，眾人瘋狂搶購，讓這起事件再一次成為街頭巷議。

電視上的主持人手持一本《目擊者》，他正與來賓們談論該名警察是否執法過當——該主題是該事件中最具爭議的一點。

A來賓認為該警察嚴重失職。他表示，警察應仔細觀察、評估，做任何決定都需符合比例原則，非不得已，不能恣意開槍。接著，他轉而分析該警察境況。他說，該警察已服務十年，考績一向差，因他是爛警察。不僅工作表現差，品行也差，包括曾酒醉值勤、也曾因賭博而欠下百萬賭債。他一直讓身邊的人，包括同仁、家人，甚至老婆看不起。最後他給出結論，批評該警察根本是急於表現，才見獵心喜，隨便開槍。接著他說：「那只是一把水槍，且還沒裝水呢！未經仔細觀察，隨便犧牲了那少女的未來，真的很可惡！」

B來賓顯然不以為意。他激動的說：「開槍是正確的決定！搶匪都舉槍了，何以不符合比例原則？且現場的人都嚇得魂不附體，警察哪來的餘裕觀察槍是真是假？」說到這時，他忽拿出一把黑槍指著方才的A來賓，說：「你說說看，這槍是真是假？」眾人驚呼一聲，連主持人都大吃一驚。這顯然非腳本裡的橋段。

「我不清楚是真是假，」臉色驟變的A來賓說，「但我知你是瘋子！」

現場哄堂大笑。

「這槍是假的，跟少女拿的槍一樣，只是水槍。」他說，接著把槍收起來。「容易判斷嗎？我告訴你，絕不容易，尤其在突發狀況下。所以我支持警察，他的判斷是對的。若你不曾被人拿槍指頭的話，你不會了解那種恐懼。」現場的人這時皆注視著他，但未接話。他這席話顯然尚有下文。他接著說：「我過去在美國讀書時，曾遭黑人搶劫，還被他用槍指著頭。那種滋味，永生難忘。」他停頓一下，接著用憤慨口吻對A來賓說：「你未來若被人用槍指頭，體會過那種恐懼與羞辱後，你大概再也不會說需觀察等的屁話了。」

現場這時進入一陣不自然的緘默。

過一會C來賓點頭，意味深長的說：「我贊同B，且現場有嬰幼兒，若不幸波及，那可嚴重了。警察有責任維護安全，我也認為警察沒錯。」

「這裡我們稍暫停，」主持人尷尬的說，「《目擊者》的作家們已抵達現場，我們先進行他們的訪問吧。」

畫面緊接出現的，是一群坐在一張紅色沙發椅上的人，其中一人懷中抱有一隻頸上綁著藍色蝴蝶結的吉娃娃。他們並非電視工作者，知名度卻很高，但因不習慣上電視，神情不甚自然，彷彿臉上都上層膠。他們人手一本紅色書皮的書。從電視畫面上，可清楚在書封上見「目擊者」三個字。畫面左半邊有個立牌，儘管打上馬賽克，三不五時仍可看見立牌上某知名出版社的社名。

麥克風在一位梳著油頭、身穿西裝的高瘦男人的手上。一開場，他介紹自己是該出版社的總編輯，也是《目擊者》的編者。接著依序介紹五位坐在紅色沙發上，也就是銀行搶案目擊者的身分，包括警衛、銀行行員（該銀行以遭受搶劫的1號櫃台行員為代表）、水泥工夫婦，女大生，及大型玻璃廠老闆娘。接著說在廣告後，目擊者們將談談他們在現場時，最直接的感受。

廣告結束後，畫面已在目擊者身上。麥克風在其中打扮性感、綁著馬尾的大學女孩的手裡。面露燦爛笑容的她先介紹自己叫密兒，是大學生，並說自己另一身分是小模，還拍過某歌手的ＭＶ。叫人意外的是，她忽拿出紙板，上有一串英文字母，原來那是她的臉書帳號。事實上，她在臉書本就擁有為數不少的宅男粉絲（銀行警衛正是其一）；搶案後她第一時間在臉書宣告自己是目擊者，甚至貼上少女倒地的照片，粉絲數暴增近一倍。不過這一切顯然非經安排，只見其他目擊者皆露出不以為然神情。密兒查覺之際，瞬間變臉且露出白眼，不過很快又變回甜姐兒。她心不甘情不願將紙板放下，接著嚥口口水，深吸口氣，開始談起搶案。她說搶匪瘋瘋癲癲的，手持槍在頭頂上左甩右晃，還戴著詭異的海綿寶寶跟派大星面具，看來超可怕，一度以為自己將沒命，甚至還說她眼前閃過從小到大的人生畫面跑馬燈。正當她打算細數自己人生歷程時，總編輯向她使眼色，示意要她將麥克風傳給別人，她才十分捨不得似的將麥克風遞給隔壁的銀行行員。

這下換銀行行員發言。刻意穿銀行制服的她一開始像個廣告人，先以標準微笑介紹他們銀行優點，包括貸款申辦容易、利率低等，接著又提到他們最新的理財型房貸專案等……大概過兩分鐘後，才開始談起這件意外。她說搶匪講話語無倫次，應是精神有問題，又說當她得知搶匪是少女時，深感同情，卻不認同警察執法過當的說法，因風險太高。她正想藉風險來談基金投資時，麥克風卻被她身旁的油漆工搶走。她瞪一眼油漆工以示抗議，他卻更惡狠回瞪她。銀行行員立刻左顧右盼裝沒事。

比起另兩位目擊者，油漆工毫無目的性，他僅坦白、憤慨的說，搶匪拿槍抵著他女兒的臉，毫無人性，甚至還踹他，接著又說，他為保護女兒，原打算與搶匪拼命，但被警察搶先一步。最後他大聲疾呼大家切勿同情少女搶匪，因她一點也不值得同情！

「罪犯就是罪犯，不會因她少女身分而減低罪惡！」說到激動處，他口水四濺。一旁濃妝豔抹的玻璃廠老闆娘露出嫌惡眼神，一面拿出名牌手巾擦拭臉頰，卻誤把臉上濃妝抹去一部分。掉了部分妝的她顯得非常不自然，像掉漆的老舊人型模特兒。

接著他把麥克風遞給身旁老婆。她看丈夫一眼，戰戰兢兢的接過麥克風——彷彿接過炸彈一般——欲言又止說著關於那顆糖的事。但她語焉不詳，聲音又如螞蟻般小，致使眾人一頭霧水。

這時她身旁的玻璃廠老闆娘露出不耐煩表情，於是把麥克風搶走。她準備說話時，油漆工大手往麥克風一拍，說：「沒人能搶我老婆的麥克風！」麥克風掉在地上時，發出尖銳聲響。她懷裡的吉娃娃為護主而朝油漆工狂吠，甚至作勢咬他。油漆工也不甘示弱，大喊著要狗閉嘴，並威脅：「你這畜牲若敢咬我，我一拳把你打死！」玻璃廠老闆娘立刻反嗆：「若你敢動我的大衛，我一定告你，讓你吃不完兜著走！」密兒見狀，又露出白眼。銀行行員在一旁掩嘴竊笑。而警衛呢，他則呆呆看著躺在地上的麥克風，彷彿覺得它十分可憐。正當他打算撿起麥克風時，總編輯搶先一步，讓未能發表意見的他一臉無奈，嘴裡還唸唸有詞。總編接著面露尷尬笑意對鏡頭說：「所有內容，都在這本精彩的《目擊者》裡。」隨即進入廣告。

那是他們初次受訪，情況顯然失控，但能夠讓人理解，畢竟人世間的第一次大多是災難。然而在出版社替他們開幾堂訪談課後，後續訪問確有改善。

所有目擊者都是《目擊者》的口述者，僅捷東缺席。其實當出版社得知捷東是出版作家時，曾與他聯絡，並希望由他來執筆。他們告訴捷東，這是出名的最好機會。但遭捷東拒絕。此外，捷東私下除筱亞之外，從不跟他人談這件事，就連阿玫也不知曉。

劫後餘生的話題性的確足夠，捷東並非憤世嫉俗，也非倫理糾察隊，更非自命清高，大概只能說他對任何事都有所保留：他不知警察是否執法過當，也不知那少女的行為是否乖張，更不知他們的精神是否有問題，當然也不知槍枝的真假容不容易判斷。他心中未如其他人那般有恐懼、有憤慨，有絕對的對與錯等情緒或價格觀，也認為自己毫無權力置喙。他心裡有的，只是同情，他同情十四歲的小搶匪，同情四歲的小男孩，如此罷了。

然而，對捷東而言，那件事改變了他心裡的某種東西。但具體什麼東西被改變了？捷東自己也不明白，就像那場反覆出現的熱帶魚夢境，似乎都找不到答案。

捷東把電視關了，啜口咖啡，將咖啡擱上床旁小櫃子，再躺下，閉上眼，細細尋思著。他忽發現自己單腳站在海灘，看見熱帶魚在空中緩慢、優雅的浮游著……

捷東打算去追逐它，可是才一舉步，卻跌倒了。

他的隱形義肢不再存在，缺一隻腳的他，只能看著熱帶魚緩緩游開……

捷東不知怎的，竟哭了。

這是他自有知覺以來，第一次的哭泣。

但一會後，捷東忽醒悟。

他為何哭呢？

就為了一隻在夢境裡游開的熱帶魚？

他擦擦眼淚，自覺十足可笑，甚至忍不住笑出聲來。

y6.月亮黑黑

第一次發生時，是在一個月黑風高的晚上，風吹的聲音猶如鬼叫。那個可怕的男人又喝酒了，我在房間就能聞到酒味。且他又在看沒穿衣服的人的電影，哼哼嘰嘰的聲音聽來噁心。我想睡覺，但又被吵得睡不著，只好呆呆的幻想自己在美麗的海王國……

誰知過不久，醉得一蹋糊塗的他來到我房間，且爬上我的床。他一直摸我尿尿的地方，讓我很不舒服。但他說不准反抗，不然他要打我。我打算逃跑，卻被他抓住頭髮。接著我感覺頭撞上櫃子，且聽見碰碰碰的聲音，一次二次三次……

直到我再也聽不見……

第34日　早上

我每次都被嚇醒，這早也是。

我坐在床上一直哭，連小傻都被我吵醒。

「又做那愚蠢的夢了嗎？」小傻問我。

我點頭。

「都怪我當時還不在，要不我一定會保護妳的。」他又說。

「別犯傻了，」我說，「而且你那麼小，能幫我什麼呢？那個可怕的男人就像怪物，故事裡邪不勝正，但現實生活裡，只要誰強壯，不管他是正是邪，總能獲勝的……」

「說的也是，他好強壯。」小傻嘆口氣。

「我們好孤單，世上沒人能保護我們。」我說。

「可是現在有捷東哥哥，也許他能保護我們？」小傻說。

這時，有人敲門。

「你是誰？」我忽大叫，「你別想再傷害我，我會咬你，我有刀，我會割你……」

「姊姊，冷靜點，我們現在人在捷東家，那個可怕的男人不在的。」小傻安慰我。

「說的也是……」我說。

「我是捷東，妳別怕，我不會傷害妳。」捷東在外頭說。

捷東隨後也進來。他很關心的問我怎麼了，我說我又做了惡夢。捷東安慰我，說夢只是荒謬的腦內自我幻想，不用擔心，也別怕。

「妳夢到什麼了呢？鬼嗎？還是妖怪？」捷東問。

但事實上，我既不怕鬼，也不怕妖怪。我只怕人。且我的夢很真實，很討厭。但我懶得跟捷東解釋。畢竟他不是我，不會知道我的夢的樣子。

「不過說到底，」他說，「人無法在做夢時自覺做夢，大概也很難不害怕吧。」

我點頭，露出苦笑。

我們刷完牙後，走出門。捷東已把早餐準備好。同樣是烤土司、火腿，及荷包蛋。聞來很香，但坦白說，一連幾天相同早餐，我早膩了。不過小傻仍一副飢腸轆轆的樣子，他似乎永遠吃不膩烤土司。

當我們吃早餐時，門鈴忽響了。

「應是她到了。」捷東說。

「誰？」我問。

「妳等一下就會知道，」捷東說，「我去接門。」捷東把門打開，一個女孩走了進來。她很漂亮，身穿紅色套裝，頭上別有一個凱蒂貓髮夾，身上還很香。

「阿香，我跟妳介紹。這位是我朋友。她得知妳的事後，一直想認識妳跟小傻。」捷東說。

那女孩露出無比燦爛的笑容，接著以欣喜聲調說：「阿香妹妹妳好，我是捷東的好朋友，嗯，妳可叫我凱蒂姐姐就好。自從聽過妳的故事後，我對妳好有興趣哦。」

我這時看捷東一眼。他臉上掛著微笑。

「這是妳弟弟嗎？」她問，並伸手摸小傻。但小傻害羞得躲在我腳邊。

「妳要認識就認識，別動手動腳的。」我說。

她轉頭跟捷東說：「她講話真的好有趣哦。」

這時她從包包裡，拿出一個塑膠袋，裡頭裝有三個白色盒子，說：「這是草莓鬆餅，很好吃呦，喏，這給妳和弟弟」接著又對捷東說：「當然你也有。」又轉頭跟我說：「這可是捷東哥哥最愛吃的鬆餅了。」

「不過，我有件事想拜託阿香妹妹，不知道可不可以？」她忽說。

「拜託我？」

「對，其實我是一名記者，」說到這時，她忽向門外喊：「你進來吧。」門外一個高高壯壯的男子走了進來。身穿藍色夾克、牛仔褲的他肩上揹有一台攝影機。

這時她稍彎腰，說：「他是攝影師，我們想採訪妳，不知可不可以呢？」

我看一眼捷東，他縮縮脖子，一副不知情樣子。

「為何要採訪我？」

「捷東說你們來自海王國，還是公主與王子呢，這實在太有趣了。」她說，接著交握起雙手，噘起嘴，以可愛聲調，說：「拜託拜託，讓凱蒂姐姐採訪你們好嗎？」

我看一眼小傻。他向我笑著默許。

「我想可以吧。」我說。

凱蒂露出笑容，說：「那太好了！」

那男子立刻開始架設攝影機。

凱蒂要小傻與我坐在沙發上，她則站在我們旁邊，拿出鏡子補妝。稍後，那男子自五秒起開始倒數。結束後，凱蒂露出燦爛笑容對鏡頭說了些話，大意是介紹弟弟跟我可不是普通人，而是來自海王國的王子與公主，接著要我自我介紹。我點點頭，但介紹過我們名字及年紀後，我卻忽然語塞，且對攝影機說話好怪哦，像自言自語一樣。這時凱蒂走到攝影機後面，她要我看著她，然後像朋友一樣跟我談起我們背景。她的引導讓我在鏡頭前將海王國的事全盤托出，包括我的家庭背景，以及我如何來到人類世界等。當然，我並未提到「必須找到愛」的部分。

「妳的故事好有趣哦，我相信觀眾朋友一定也這麼覺得。」凱蒂說。

「這才不是故事，而是我的真實人生，你們怎麼老認為我在講故事，難道妳認為我在說謊嗎？」

「對不起，我說錯話了，我當然相信妳啊。」凱蒂說，「對了，你們離開海王國那麼久，會不會想家？」

「現在還不會，而且人類世界蠻好玩的。」我說。

「對你們而言，人類世界最有趣的部分是什麼呢？」

「大概是烤肉很好吃吧！小傻，對不對？」我笑著問小傻，但他不說話，只傻傻笑著。

我繼續說：「而且哦，我們住的防空洞很舒服又溫暖，就像海裡的珊瑚洞一樣，更厲害的是，海灘的沙子就像珍珠磨成的粉，顏色好漂亮哦，還有以前我從來不知道，從人類世界看的大海居然是藍色的，還有那個黃色的油菜花，一朵一朵好像精靈一樣，比我們海裡的海草漂亮多了……」我說。

「真的啊？」

「是啊，人類世界還有好多好多好吃的東西，像拉麵、珍珠奶茶，還有鮮奶等，此外，人類世界還有很多好人，像阿郎、阿炮和淑麗，跟唔……三八花也算吧，跟我以前想像的完全不一樣。」我說。

「他們是誰啊？」

「跟我們一起住在防空洞裡的朋友啊，他們常請我們吃飯呢。」我說。

「聽起來，妳應該很喜歡我們的世界吧？」她說。

「大概可以這麼說吧。」我說，「只不過，我們有個麻煩……」

「麻煩？」

「對啊。」我說，「但這部分我不想說，這算我的秘密。」

「好吧。」凱蒂這時看向小傻，說：「弟弟有什麼話要說嗎？」

小傻把頭塞到我背後。

「我弟弟很害羞，人前總不敢說話，」我替弟弟緩頰，「但你們人類老說我弟弟是笨蛋，他才不是，他只是不屑跟你們說話罷了，他在我們海王國可是天才兒童呢。」

「我相信啊，小傻看來又聰明又可愛呢！」凱蒂說，接著回到鏡頭前，對鏡頭說一些話，大概是說今天的採訪到此為止，她很感謝我們接受訪問諸如此類的，然後要攝影師關上攝影機。

「我們的採訪結束囉，真的非常謝謝你們呢！」她說，「不久後妳就可看到電視播出，你們可能會成為大明星哦！」

「大明星？」我半信半疑問。

「對啊！」她說，「變成超級紅的大明星哦！」

旁邊的攝影師一面點頭，一面忍不住笑出聲來。

「我們得趕緊把錄下來的影片拿回電視台播送，所以必須先走了。」她說，接著又向捷東說：「謝謝你的幫忙，今天很順利。」說完，她吻一下捷東臉龐，讓我嚇一跳，捷東似乎也感詫異。

他們離開後，小傻跟我和捷東一起吃起草莓鬆餅配冰鮮奶。期間我跟捷東說，我不喜歡他未經我同意就向別人透露我的事。捷東向我道歉，但表示，關於採訪的事他並不知情。

x6.草莓鬆餅

「我知道阿玫不喜歡我們單獨見面，但今天我有事得單獨跟你談。」筱亞一面攪拌咖啡一面說，「不過說到底，阿玫是非常有吸引力的女孩，也該多點自信呀！」脂粉未施的她皮膚好極了，這話讓人感覺她言不由衷。這晚筱亞頭上戴著一個白色的凱蒂貓髮夾，那是很久前，兩人交往時捷東買給她的。

筱亞拿起攪拌棒，放在嘴裡吸吮，又說：「又或者，她太愛你，才這麼缺安全感吧。欸，我們分手這麼多年了，她根本不必擔心啊。我們就像親人，就算我脫光衣服在你面前，你也不會有反應，東東，你說對不對？」

捷東揚揚眉毛，抱怨道：「妳別再稱我『東東』了。」

「你看看，你這表情多可愛。」筱亞又說。

服務生這時送來鬆餅，再拿起桌上帳單，以鉛筆註記後，說：「那麼餐點全部到齊了哦。」接著便離開。捷東看眼鬆餅，明白那是他倆之前交往時經常吃的草莓鬆餅。

筱亞切下一塊，混著上頭的草莓奶油，以叉子送到捷東面前。

但捷東沒打算吃。

筱亞看著捷東，露出曖昧微笑，說：「吃嘛，複習一下。你以前不是最愛吃這個了？」

捷東表示自己已不吃甜食。但筱亞沒打算把叉子放下。捷東知道她是堅持到底的人，只好把鬆餅吃下。筱亞這時露出曖昧笑容說：「阿玫若見我對你做這麼親密的舉動，肯定會生氣。」說完，她拍手而笑。

捷東又揚起眉毛。

「好啦，我不再鬧你了。」筱亞說，「但我想你不知道，其實阿玫是很會吃醋的人哦。」

「我不覺得。」捷東說。

「她的醋酸得方圓五百里都聞得見！」筱亞說，「但我倒挺喜歡她吃醋，這代表她真的很愛你，我才能放心。」筱亞說完，也吃起鬆餅。捷東喝起咖啡。

半晌，筱亞忽正襟危坐，對捷東說：「東，其實今天我找你有正經事的。」

「唔，怎麼了？」

「你還記得你喝醉那晚跟我提到的銀行搶案的事吧？」筱亞說這話時十分嚴肅，跟剛才的戲謔態度不同，彷彿換了個人。

「怎麼又談到那件事？」捷東說。

「我一直在關心那件槍擊案。你也知道那些目擊者們，真的很可惡，利用少女爭名奪利，他們出的那本鬼書真叫我噁心。」筱亞說，「我實在無法理解他們在想什麼，難道只要能出名，什麼都不在乎嗎？」

捷東這時未接話，筱亞看得出他神情裡有不以為然的意味。

筱亞用手順順自己額前瀏海，說：「我認為應有人出來教訓他們。剛好你知道，其實我早已厭倦愛情小說，我想這是一個改變我自己的契機。」

「契機？」捷東納悶道。

「你知道紀實小說吧？」筱亞問，「像卡波提的《冷血》。」

捷東點頭，說：「但妳不已寫過？《單腳男孩》不就是了？」

「怎麼又提這？」筱亞露出埋怨神情，說：「我跟你道歉多少次了。」

「那妳就知道我有多討厭那本書了。」捷東冷冷的說，「我也尊重文學，但至少以不傷害人為前提。」

「那書只是述說我們故事。」筱亞口氣略顯激動，「我到底哪裡傷害你了？」

「妳在書裡杜撰我們自小認識，亂談我母親的悲劇，甚至不惜在書中說妳父親死去。這難道不是傷害？還有，對有些人而言，曝光就是傷害了。」捷東注視著筱亞，口氣凝重的說。

筱亞忽低頭，靜了下來。

捷東看筱亞一眼，以為她在哽咽，忽心軟，說：「過去的事就不要再提了。」

筱亞抬起頭，說：「我在書中編造我們幼時的相處是為讓故事有所謂背景，講我父親死去是為讓書裡的你跟我能更契合，但這是愛情小說，who cares？讀者都是少不更事的國高中生，他們才不在意故事的真實性。但我並未捏造後來你跟我的相處，而那部分屬我們共有，為何我不能寫呢？你這麼指責我，公平嗎？」

「正是因屬於我們的，妳難道不覺得它更珍貴嗎？」捷東說，「我之所以生氣，正是因妳把我們的過去棄如敝屣。難道我們的過去對妳而言，那麼不值得珍惜嗎？」

筱亞又沉默下來。

「不過都已事過境遷，再談下去也沒意義。」捷東說。

「你說的沒錯，過去的事再談下去是不具意義的。就算我承認我犯了錯，就算我深感懊悔，也來不及改正了，對不對？」筱亞問，「是不是一切都來不及了？因為你有了阿玫……」。

「妳在說什麼……這一切跟阿玫有何關係？」捷東說，「妳別又把她扯進來。」

「好啦！這些事就不說了！」筱亞擠出個笑容，說：「不過這一回不同，我不打算利用別人，我想替社會做一點事。我打算寫一部讓社會反思的作品。事實上……」筱亞說到這時停了下來，接著伸手到包包，拿出一份書稿，說：『捷東，我知道你是道德標準較高的人，希望你不會生氣。我已把這事件……寫成小說了，且這是我目前為止自認最滿意的作品。我跟所有目擊者訪談過——並刻意隱瞞我的目的——我讓他們以為我只是他們那本書的讀者，想了解事發經過……」筱亞說到這時，把書稿遞上前，「這是一本毫無欺瞞、最誠實的作品……」

捷東接過她的書稿，稍稍翻過，又放回桌上。

「但我需所有目擊者的看法，包括你，如此我的作品才能完整。此外，若能有你的一點成分存於我的作品裡，會讓我有安全感。東東，看在往日情分上，你願幫我，讓我的這部作品更臻完美嗎？或者該這麼說，讓我們一起完成一件有意義的事好嗎？」筱亞這時伸手撫摸捷東的手，並以拇指撫摸他的手背。

捷東陷入沉思。

「你願意嗎？」筱亞又問。

「咖啡慢慢涼了。」捷東甩開筱亞的手，拿起咖啡杯，把咖啡當做啤酒一般大喝一口。

而在同一天，阿玫一直等著捷東打給自己。

但她的電話都靜悄悄的，彷彿死去一樣。

下午五點上完語言學後，她總算按耐不住，直接打給捷東，卻沒人接。平日就算，但這天可是她生日，氣得她差點就把手機從五樓往樓下砸。阿玫的姐妹淘深替她打抱不平，說憑她姿色，值天下任何男人細心呵護，根本不必守著那殘障男。阿玫越聽越氣，紅酒一杯杯下肚。姐妹淘們發現不對勁，試圖勸酒，卻被她逼酒下肚。一群女人聲音逐漸變大，可知她們都醉了。生人勿近。

阿玫由阿翔載回。當他攙扶醉醺醺的阿玫抵達捷東家時，阿珍恰好在客廳做瑜伽。阿珍見阿玫由別的男人送回，於是出言諷刺，影射她對捷東不貞。兩人因此吵起來。阿玫因酒壯膽而口不擇言，先指控阿珍從第一天認識開始，就看她不起，又說她自視甚高，自以為玉女，但也只是為錢而嫁老頭子的賤貨，後來甚至以髒話辱罵阿珍。阿珍也不甘示弱，說她尚未結婚就與捷東同居，完全不知羞恥，還說她大概早已習慣用身體換房租，才住得如此理所當然。吵得天翻地覆的兩人幾乎就要打起來。幸好阿翔算強壯，能讓兩頭發瘋的女人保持距離。

而在那時，捷東與父親忽現身。見客廳一片狼藉光景的兩位大感訝異。而阿玫也嚇一跳，因老杜的右手竟打著石膏。

阿珍見狀，趕緊走向前去，關切的問：「發生什麼事了？」

「車禍，」捷東回應，「幸好只是骨折。」

「怎麼會發生車禍呢？」阿珍問。

「問得好，讓他自己回答吧。」捷東冷冷的說。

「別說了。」老杜說。

「這老傢伙喝了酒還上路，簡直不要命了！」捷東說。

「我喝得根本不多，是那傢伙不看路，才跟我撞上的。」老杜硬解釋道。

「喝酒開車就不對，哪來這麼多藉口！」捷東這時有點怒火。

老杜未回話，或許也自覺理虧吧。

沉默半晌。

老杜這時看向阿翔，問：「這位先生是誰？」

阿翔尷尬的介紹起自己。

阿珍忽哭起來。眾人疑惑。阿玫心想：「這女人也太會做戲了吧。」

阿珍抽抽搭搭對老杜說：「幸好你沒事，若你發生什麼事，我該怎麼辦？……」

老杜面露不捨的摸摸阿珍的手，說：「妳別擔心，以後我會小心的。」

阿珍接著說：「就算你不顧我，也要替我肚子裡的小孩著想。我希望他要有個健健康康的老爸……」

眾人大吃一驚。

老杜驚喜萬分的問：「妳有了？」

阿珍羞赧的點頭。

這一陣老杜與阿珍經常吵架。至於原因，永遠是阿珍抱怨老杜不夠體貼，不常陪伴她，讓她孤苦伶仃。她非常迷戀老套台詞：「我是嫁給你，不是嫁給錢……」而老杜說詞也總是那一套，就是自己有公司要管，所以時間不夠用，但他會想辦補償她諸如此類的。但他所謂的補償，大概又是花錢買名牌包給她吧。

但阿珍懷孕的這件事大大改善他們的關係。老杜欣喜若狂，他認為阿珍給了他第二次生命。他因有了即將出世的孩子，而再一次獲得人生努力的目標。他不能老，他這麼想著，他必須對孩子負責，所以他不能老。

翌晨，捷東與阿玫幾乎同時醒來。時間是早上八點半。可是天氣寒冷的當下，兩人都選擇賴床。捷東若有所思的看著天花板；雙眼微張的阿玫則將頭埋在捷東脖子旁。

「在想什麼呢？」阿玫一會後問。

「沒什麼。」捷東說。

「又是沒什麼。」阿玫說，「最近我問你事情，你的答案老是沒什麼。」

「妳說什麼？」捷東說，「不好意思，我沒聽清楚。」

阿玫嘆一口氣。

一陣漠然。

「阿珍懷孕了。」阿玫忽問，「你會生氣嗎？」

「生氣？」捷東不解。

「是我的話，我會生氣。」阿玫又說。

「那是我爸的事，我有什麼資格生氣？」捷東說。

阿玫點頭。

又陷入沉默。

半晌，阿玫又說：「最近我們很少一起出門了，今天我剛好沒課，要不要去哪裡玩？」

「最近我比較忙。」捷東說。

「忙什麼？」阿玫問，「寫作嗎？有打算寫新作品嗎？需不需我幫你讀？」

「沒有。」捷東說，「我仍在等待靈感的到來。」

「你距離你第一本小說都好幾年了，怎麼不試著動筆呢？」阿玫問。

「我一直感覺不到故事，只看見一片荒蕪。」捷東又說，「我正在荒蕪裡，等待故事的到來。」

「試著去寫嘛，」阿玫又說，「也許能寫出來的。」

「硬寫的故事不自然。」捷東又說。

阿玫未再回應，捷東也沉默著。她聽著捷東的呼吸聲。一會，又感到睏，於是又睡著了。

捷東仍清醒著，但不知自己在思考著什麼。看著一片雪白天花板的他，陷入一片意識的白色荒蕪。

但下一刻，他忽感到嚴重失落感，好像天地無著落那般，他感覺自己流了淚。

捷東再一次醒來時，發現阿玫已整裝打扮妥善。

「妳有計畫？」捷東問，「打算去哪？」

「沒什麼。」阿玫說。

捷東未發現阿玫回答裡的諷意，竟安靜起身，到浴室裡沖澡。阿玫看著他的背影，忍不住抱怨一句：「真是一根大木頭！」

阿玫看著在浴室透明門另一端的捷東，內心感慨萬千。就算他是她最親密的人，就算他在她面前徹底赤裸，她卻認為自己跟他之間仍有一面透明門，而那面門總像被熱水濛上一層白霧，讓她無法真正看見捷東的內心世界。

捷東入浴後不久，他的手機傳來一聲簡訊聲。

阿玫耐不住內心惡魔，站起身子，拿起擱在書桌上的捷東手機，打開。這一看不得了，裡頭竟是筱亞傳來的簡訊。筱亞說，那晚讓她想起很多事，並說自己忽領悟在生命中做了一件很蠢的選擇，最後她請捷東好好考慮那件事。這封曖昧不明的簡訊讓阿玫怒火中燒。

她腦裡開始出現《單腳男孩》裡筱亞陪伴捷東的畫面，認為他與筱亞暗通款曲，而那是一封筱亞求復緣的簡訊。

她坐在床沿上，用力捏著捷東手機，眼淚一顆顆流了出來……

y7.大明星

第39日　早上

這早我們起床時，她已坐在客廳沙發上。跟那天一樣身穿紅色套裝加凱蒂貓髮夾，身上一樣很香。

凱蒂是來接我們去電視台的，她要帶我們去參加一個談話性節目。她告訴我，那節目收視率極高，只要能參加，就能成為大明星，並領到很多很多的錢。我原本不想去，這幾天因那次受訪的關係，我們在街上一直被人認出。他們老說一樣的話，不是誇我漂亮就是誇小傻可愛，然後問我們是不是真來自海王國，甚至還要求跟我們合照呢。一開始我覺得新鮮，後來卻備感困擾，也讓我想起上次在公車上被人偷拍的不愉快經驗，所以越來越排斥入鏡，才不想當什麼大明星呢！但在凱蒂的拜託下，再加上小傻說想去電視台看看，我仍勉為其難的答應參加錄影了。

捷東說電視台在台北，車程大概一小時半。我們從竹北交流道轉上北上的高速公路，然後車速逐漸加快，好像進入海裡黑流一般。後來時間比預期短，大概一小時多一點，捷東把車停入一棟好高好高的大樓的地下停車場，然後告訴我們，電視台就在上面。

我帶著一顆忐忑的心進入電視台。裡面有好多人哦，大家都很忙碌的樣子，還有好多奇奇怪怪的機台，亮得刺眼的燈光，奇形怪狀的彩色道具，以及冷得要死的空調，好像來到什麼奇怪的實驗室，讓我忍不住打了幾個哆嗦。

我們抵達攝影棚時，主持人與兩男一女三個來賓已坐在攝影棚內，閱讀著手上資料。後來有個胖胖的白臉女人帶我們去一個有很多衣服的地方，然後要我們選擇。可是我不喜歡那裡的衣服，太華麗，像馬戲團的人會穿的衣服。不過我們仍妥協：我穿上一件超大、上面有白點的鮮紅色洋裝，頓時變成一隻小丑魚；小傻則穿一襲綠色、像哈利波特會穿的袍子，這奇怪的衣服是他自己選的。不過當我們看著鏡子時，覺得好有趣哦，兩人不住嗤嗤笑起來，尤其小傻，好像變成烏龜哦，但他明明就是螃蟹。不過變成烏龜後，他跟海龜父親很像就是。接著一個瘦瘦、講話很像女生的男人替我們化妝，我不喜歡，只簡單要求把頭髮綁起；他在小傻臉上打上腮紅，看來就像喝醉的人一樣，很可怕，我於是把它擦掉。

接著有個戴著圓圓眼鏡的助理先生，以溫柔聲氣邀我們坐上來賓對面的紅色沙發。我頓時好緊張哦，身體一直發抖，好像心臟都快跳出來了，此外，那邊的燈光好強好強，讓我想起擱淺在海灘的感覺，甚至感到呼吸困難……

助理先生見我面有難色，於是要我深呼吸，放鬆心情。我試著做，但依然緊張不已。捷東與凱蒂則站在攝影機後面微笑看著我們。不久後便有人開始倒數：5 4 3 2 1……

主持人是個皮膚黝黑、戴著眼鏡的中年男人。他的臉上堆滿笑容；近看才發現，他的臉稍歪斜，講起話來，像隻咀嚼的駱駝。一開始他對鏡頭說，他們很榮幸能請到我們，還說因我們的特殊身分，大家都對我們很感興趣，接著便宣布：「他們就是最近很紅的海王國的公主與公子，阿香與小傻，讓我們掌聲歡迎。」現場這時響起一片掌聲，卻讓我更加緊張。我看見對面的來賓阿姨對我微笑，同時用嘴形告訴我「別緊張」。身材豐腴的她看來是個和善的阿姨，讓我想起水母堂姐，我向她回笑，然後深吸一口氣，內心才漸漸平靜。

接著就跟上次凱蒂的訪問差不多，駱駝主持人要我自我介紹以及談談為何來到人類世界等。我同樣照實講。來賓們都專注聆聽，且一副深信不疑的樣子。來賓們接下來開始熱烈的發問，如海裡都吃什麼，皇宮有多大，平日消遣是什麼等。我告訴他們，我們吃海裡的植物如海藻、海草等，而料理方式多元，這點跟人類世界一樣；我們的皇宮很大哦，比人類世界的公園還要大；關於消遣，我最喜歡跟海龜父親和弟弟在家裡聊天，只是海龜父親很忙，有時小傻跟我就在家裡看電視、吃零食。但我們週末都會去踏青，這是海龜父親的堅持，不管多忙，他總會抽空陪我們，然後大概半年一次我們會搭黑潮出遠門諸如此類的。他們聽得津津有味，來賓阿姨還直說希望未來有天我能帶她去海王國玩呢。我覺得他們很有趣，像小孩假扮的大人一樣，又很和善，所以小傻跟我都笑嘻嘻的。後來導播喊卡，原來是廣告時間。捷東與凱蒂走到我們面前，誇獎我們表現得很好。

不久後，剛才那喊5 4 3 2 1的人，又再喊了一次。

但這一次回來時，我感覺氣氛怪怪的。駱駝主持人臉上的笑容不見了，且刻意把歪臉導正，不苟言笑的說：「現在我們必須轉換話題，討論不一樣的事，或許可說是我們人類世界的事吧。」

有位現場來賓忽拿出一張照片，並以嚴肅表情問我：「妳看過這張照片吧？」

我看一眼照片，發現上頭似乎是小傻跟我和一個中年男人，一個可怕的中年男人……

他接著對鏡頭說：「我告訴你們，阿香根本不是什麼公主，她爸爸是懶惰、不工作、愛喝酒的原住民，媽媽是越南人。後來她越南媽媽因受不了壞脾氣的丈夫，於是離家到酒店上班……」

他說完後，我在另一台機器上看到我的臉，才發現攝影機正特寫我。

「那才不是那樣呢！你亂說。」我說，「我才不說謊，海龜父親跟我說，說謊是壞孩子才會做的事，所以我才不會說謊呢！」

「真的嗎？」來賓阿姨也說。她這時惡狠狠的看著我，讓我嚇了一跳。她拿出另一張照片讓攝影機特寫。鏡頭上，她的指甲鮮紅得彷彿在流血。「我似乎也有照片呢，若妳不認識他，妳為何一直跟他拍照？」

那又是我，跟那個可怕男人的照片……

「還有啊，你弟弟真是天才嗎？」另一個男來賓問，接著也拿出一張照片，說：「他們可不是天才哦。他們是快樂的笨蛋，喜憨兒，妳不認為妳弟弟跟他們長得很像嗎？」現場轟然大笑，主持人甚至一面笑一面拍掌。小傻這時拉拉我衣袖，說他很害怕，想離開這裡。

「最重要的是，」來賓阿姨說，「小傻真是妳弟弟嗎？不要說謊哦，我們最討厭說謊的小朋友了，要不要自己承認呢？我這裡可是有資料的哦。妳弟弟出生時，妳媽媽早離家了，家裡就剩妳跟照片中的男人，也就是妳爸爸，所以到底是誰生了小傻呢？小傻到底是妳的誰呢？妳要不要仔細想想再告訴我們呢？」

小傻是妳的誰呢？小傻究竟是妳的誰呢？小傻到底是妳的誰呢？……

他們一直重複問。

這時節目主持人、來賓和現場工作人員，甚至凱蒂也是，開始像惡魔一樣獰笑，笑聲尖銳得像刀一樣，不斷刮著我的耳膜。我想向捷東求救，可是他卻不知去向。我忍不住放聲尖叫。

「他是我弟弟，就是我弟弟，我唯一的弟弟，我弟弟是世上最聰明的孩子，你們說的都不是真的。」我激動的吼，「你們是惡魔、是怪物，走開！你們快走！」但他們彷彿化身為黑暗中無數張可怕的小丑的臉，一面聲嘶力竭的笑著，一面追著我……

他們好可怕，人類真的好可怕，我必須逃，於是我抱起弟弟，往出口方向疾奔而去，但好多可怕的人類、機台擋在前面，我看見旁邊有一扇窗開著，我衝過去，從窗口一躍而下。

眾人驚呼一聲。

幸好這時正下著雨，我們憑藉著雨水力量，在空中緩降而落。

x7. 四人餐桌

捷東與阿玫下樓時，老杜與阿珍正在餐桌前用餐。早餐顯然從外頭買來的。一個竹籃子裡裝有烤雞、烤肉排及薯條，另個則裝餐包及烤土司。阿珍正啜著奶茶，一手打著石膏的老杜則單手切著盤子裡的烤雞。

「你倆過來一起吃吧。」老杜說，「我們好久沒一起聊聊了。」

阿珍這時察覺到阿玫面有難色，以為她仍惦記昨晚的齟齬。個性隨和的她從不有隔夜仇，趕緊替捷東及阿玫準備乾淨盤子，並用夾子夾上烤雞及薯條。

「對啊，你們趕緊來吃。」阿珍笑著說，「老杜昨晚得知我懷孕，就老嚷著我多吃，早上發神經似的叫了一堆菜來。」說完，她夾一塊肉排放上老杜餐盤，自己則拿一個餐包。捷東與阿玫於是入席。

捷東用刀子將餐包切開，抹上牛油。阿玫低頭看著桌上炸雞

「妳倆不跟我們談談昨晚的事？」老杜試圖打開話題，「昨晚阿東跟我回來時，兩位小姐可吵得厲害了。」

「沒什麼。」阿珍說，「只是誤會。」

阿玫抬起頭，露出尷尬笑容，說：「不好意思，昨晚我喝醉了，對阿珍姊不禮貌，真的很不好意思。」

「沒事沒事！」阿珍說，「生活裡本就難以避免會有一些摩擦，沒事的。」

捷東靜靜吃著餐包，未打算接話。

「況且人總在一些爭執後，會更了解彼此。」阿珍又說，眼神看向阿玫，問：「阿玫，對不對？」

阿玫點頭。

四人又默口不語。

這時，老杜放下刀叉，用桌巾擦擦嘴角。老杜的這舉動，讓捷東心裡明白他肯定又要提那件事了。

「昨晚你們也聽到了，阿珍懷孕了。」老杜說，「阿東，你對這件事有什麼看法沒有？」

「沒看法。」捷東應道。

「二十幾歲再當哥哥，會不會尷尬？」老杜又問。

「那是你的事，只要你高興，我沒意見。」捷東說。

「那就好。」老杜說，「我很擔心你無法接受。」

「我相信捷東不會這麼想的。」阿珍說。

老杜清清嗓子，以慎重口調說：「其實我對再生孩子這件事並無計畫，但我們也沒避孕，一切順其自然。當然我想阿珍對這事應很高興，畢竟母親這身分是她人生裡必須取得的頭銜之一。我是無所謂，畢竟我有捷東，但對阿珍而言，這是她人生的第一次。我很高興至少我讓阿珍的人生沒有遺憾了。」

老杜說這話時深情款款，就連眼神也如此。捷東對老爸這種曬恩愛的舉動很感冒。阿玫卻相反，甚至被老杜感動了。

「少說這些肉麻的話，」阿珍害羞的說，「你讓他們都尷尬了。」接著，企圖轉移話題，說：「對了，捷東，你最近在忙什麼？沒見你在家寫作，也沒跟著阿玫去上課，你都在幹嘛呢？」

「我有我的事。」捷東說。

「什麼事呢？」老杜說，「成天不務正業，乾脆來我公司上班好了。你也應看看現在年輕人是怎麼賺錢的。」

「對呀，你到底在忙什麼事？」阿玟說這話時忽怒形於色。眾人都面露詫異。尤其是阿珍，差點就被口中薯條給噎到。

阿玟雙手抓著桌上白色桌巾，以更激動的情緒問：「忙什麼，你說啊？你到底在忙什麼？是不是忙著跟筱亞約會？」

「妳在說什麼？」捷東說。

「我都知道了，捷東你別再裝了，我一切都知道了……」阿玟說到這時，忽放聲大哭起來。

y8.瘋子

第42天　早上

我在聽捷東的MP3，同樣是那首「蝴蝶飛呀」。

我發現我在哭？

為什麼哭？

我不知道。

也許是因我想念捷東，也很氣捷東，氣他背叛小傻跟我。

真是這原因嗎？

坦白說，我不知道。

「阿香，」淑麗問我，「怎麼哭了？」

我將眼淚擦乾，把耳機拿下。

「沒有。」我說，「我沒哭，我是熱帶魚，不懂哭，也沒眼淚。」

淑麗笑了。

「人為何會哭？」我問淑麗，「好像很難理解。」

「哭呀……有很多原因呀，喜怒哀樂都能哭。」淑麗說，「其實，我年輕時也愛哭，但現在不哭了。」

「年輕時為什麼哭？」我問她。

「因為在等待著什麼吧……」淑麗說，「也許我們哭，都是在等待著什麼……」

「現在不再等待？所以不哭了？」

淑麗想了半晌。「不是，我不哭，是因我已等到了，只是等到後，卻又失去了。我這輩子用了太多眼淚等待，已把眼淚使用殆盡，所以再也沒資格等待了。」說完，淑麗咧嘴而笑，又說：「我在說什麼呀，簡直語無倫次了……」

「那我呢？」我問，「我也在等待著什麼嗎？但我是熱帶魚，不懂哭，所以也沒資格等待吧？」

淑麗用手輕輕拭去我臉上淚水，說：「傻女孩，妳當然有資格。」

這時防空洞外，雨水正不斷滴落著。雨滴很細很細，像不斷向下游的浮游生物。它們勇敢向下游，抵達地面玩耍一陣後，就躺在地上，等待日光接它們回家，回到它們真正的家……

那我何時才能回到海王國呢？……

在一旁的三八花這時忽說：「海公主阿香，妳去看看小傻在做什麼吧？」

我放眼望去，見小傻蹲在牆角下，面對著牆壁。我站起身子，向小傻走去，結果發現小傻又在啃蛞蝓。

「小傻，」我生氣的說，並把小傻手中的蛞蝓拿下，「別再啃了。」

小傻看著被我搶走的蛞蝓，嘴裡又吐出泡泡。

看他吐泡泡的傻模樣，讓我實在好生氣。我開始對他吼：「你真是的，蛞蝓不能吃，跟你說多少次了，你怎麼老是那麼傻……老是那麼傻……」我開始不斷摑他臉頰，「你清醒點好不好？好不好？姊姊求你清醒點，你清醒點好不好……」

小傻哇的一聲哭了出來。

大家看見發狂的我，全都過來關心。阿郎抓住我手，說：「阿香，別這樣！」

但我著實好生氣，氣我弟弟怎麼那麼傻，話也不說，整天只會吹泡泡……

「對不起，小傻，」我感到愧疚不已，我抱住小傻，「對不起小傻，姊姊不是故意的……」

下午

小傻被我打過一頓後，似乎怕起我來。一整早都待在淑麗那裡，連正眼都不敢瞧我。我也刻意不看他，讓他知道吃蛞蝓是件蠢事。但一會，他便過來找我。

他說：「姊姊壞壞，早上打我。」

「是你不乖，我才打你。」我說，「以後不准再啃蛞蝓，有沒有聽見？」

小傻點頭。

「蛞蝓很髒，吃了會生病的。我們沒錢，生病的話怎麼辦？你要死翹翹嗎？」我說。

「對不起，姊姊。」小傻說。

我緊緊抱住小傻。

其實是我不對。小傻只是個孩子，我卻這樣嚴厲的對待他。我這姊姊也太差勁了。就像那個可怕的男人，我像個喝醉的瘋子……

「姊姊，我肚子餓了。」小傻說。

「好，我們去便利商店……」我說。

正當我們打算去便利商店外「靜坐」之際，撐著一支藍傘的捷東突然出現在防空洞外頭。

我看到他時，內心五味雜陳。一方面我稍感高興，甚至好想衝過去抱他，但我也有點生氣，都是他讓我去那可怕的節目，此外，又有幾分害羞，不想讓他看見我……

可是他已看到我，我也無處可躲。我愣愣看著他，不知怎的，忽感到好開心。

「熱帶魚，我總算找到妳了，妳家還真難找。」捷東喊我，「對不起，我也不清楚那節目竟會那樣安排，真的很對不起，妳能原諒我嗎？」

「他是誰？」三八花問，「他好帥呢！」

「熱帶魚，妳能原諒我嗎？」捷東又問。

「他手上那是什麼？」阿郎低聲問，「好像是比薩。啊，我肚子餓了，阿香，快讓他進來吧。」

「就是！」三八花也附和。

「我才沒生氣。」我對捷東說。

「那我能進來嗎？」捷東問。

「進來吧。帥哥。」三八花搶著說。

捷東露出笑容，把藍傘丟在一旁，走了進來。

「我這裡有比薩，還有可樂，妳餓了嗎？」他一面走一面說，「哇，有這麼多人，幸好應夠吃，有三張比薩，大家可一塊吃。」

小傻拉拉我衣擺，我看他一眼，他眼神露出飢餓感。

捷東把比薩打開，放在地上。「大家一起吃吧。」

大家各自在地盤裡坐著，按兵不動。

阿郎率先起身，走到捷東身邊，向他敬個禮，捷東也向他敬禮。兩人相視而笑，阿郎拿起一片比薩，大口嚼起來。

捷東示意他坐下。大家看阿郎津津有味吃著比薩，於是也走上前去，圍成一圈，共享比薩。捷東則沒吃，僅喝可樂。

「這位先生，」淑麗嚼著比薩問，「你跟我們阿香是什麼關係？」

「我是阿香的好朋友，我們在便利商店前遇到的。」捷東說，「我覺得自己跟阿香很有緣。不過上回我跟阿香發生一點誤會，所以特地來找她賠罪。你們這裡不好找，不過幸好，阿香曾跟我說在鳳鼻隧道附近。」

「誤會？」三八花問，「發生了什麼事？」

「呃……都怪我不好，讓阿香上了一個可怕的節目。」捷東帶著歉意說道。

「節目？你說電視節目嗎？」阿郎問。

捷東點頭。

「發生了什麼事嗎？」淑麗問。

「呃，這個怎麼說呢……」捷東囁嚅起來，一面搔頭。

「我來說吧！」我說，「反正捷東的一個很壞很壞的爛朋友帶我們上一個電視節目。一開始他們都很好哦，假裝喜歡我們，後來卻指責我說謊，說我的海王國的事全是謊言，還說我弟弟智能不足，是笨蛋。我弟弟才不笨，根本聰明得很。對不對，小傻？」

小傻卻嚼著比薩，不理會我。

「小傻，你說話啊，快點說話讓大家知道你不是笨蛋。」我說。

但他只吐著泡泡。

眾人這時都默不作聲看著我。

我把他口水擦乾淨，說：「小傻很害羞，在大家面前總不敢說話。但你們別以為他是傻的。說別人是笨蛋的，往往自己才是笨蛋呢！」

眾人仍沉默，猶如我說了什麼奇怪的話。

半晌，阿郎說：「我們先別談這了。」接著咬口比薩，說，「這裡是我們的小王國，像世外桃源，儘管簡陋，但很舒服的。」阿郎這時看向阿炮，說：「對吧？」阿炮點頭。阿郎接著說：「我跟阿炮最早來這裡，再來則是淑麗——對了，我還記得淑麗剛來時穿得很正式，淡綠色套裝，像個權威人士。淑麗，妳雖跟我那麼久，但從未談過自己，妳以前是做什麼的？」

「美國的乞丐。」淑麗回答。

捷東露出淺笑。

「是真的！」我說，「淑麗以前在紐約待過的。」

淑麗稍靦腆。「那些都不重要，別談我了。」

「對，」阿郎說，「在這裡，每個人都是沒過去的人。」

「總之，後續又來了三八花以及阿香和小傻。」阿郎說，「我們隨時歡迎新會員，捷東，你打算加入嗎？」

大家笑了。

「有機會的話……」捷東露出羞赧笑容，「但目前並無這打算。」

「我跟阿香是舊識，」三八花突然說，「我們來這裡之前，就認識了。」

我嚇了一跳。「三八花，妳胡說什麼？」

三八花看我一眼。「胡說？」

「誰認識妳了？」我說，「小傻跟我是從海王國來的，我們來這裡是為了尋找——」我頓了一下，「總之，我們是從海王國來的，之前怎麼可能認識妳？」

大家看著我，宛如我是瘋子。

「阿香，」三八花說，「妳忘了嗎？我們第一次見面時，我正好去妳家附近撿鋁罐。我看見小傻和妳被妳父親毒打，差點就被打死。後來還是我去救妳的，我拿樹枝打跑妳父親的，妳不記得了嗎？妳那喝得醉醺醺的老子可真瘋了，對你們又踹又打，還打算欺負妳。我救了妳，妳卻都忘了？真是的，現在的年輕人都不懂感恩。不過說到底，妳爸好可怕的……」

「妳別再胡說！」我怒道，「我根本不認識妳，我是海王國來的，我父親是海龜國王，他對我很好，妳別再亂說！」

「又發瘋了，又在說海王國那些屁話。」三八花說。

「妳再胡說，我就把妳的嘴撕爛！」我吼。

「好了好了，妳倆都閉嘴。」淑麗說，「大家別提這事了。不是說好我們都是沒過去的人嗎?別再吵了。捷東，說說你吧，你是做什麼的?」

捷東這時仍顯露訝異神色。他喝口可樂，說：「我是一個作家。」

「作家?」阿郎說，「真了不起，我們這裡竟出現作家。」

「沒什麼了不起的。」捷東說，「只出過一本小說，且賣得很差。」

「你的小說主題是什麼?」淑麗問。

「還是別談了，很幼稚的一本書，」捷東說，「就像你們不想談過去，我也不喜歡談我那本小說。」說完，捷東露出笑容。

「那麼就不勉強了。」淑麗也說。

「乾脆下次寫寫我吧?」阿郎說，「我可有很多故事了，想當年呀，我……」

「夠了夠了，」淑麗說，「誰想聽你那些事，別煩我們的大作家了。」

眾人又笑了。

後來在他們談笑之間，我忽失了神，腦裡一直迴蕩著三八花的話。

我之前認識她嗎？我跟她真是舊識嗎？那些來賓說的到底是不是真的？為何我對這些事一點印象也沒有。但為何他們有照片呢？我腦裡忽出現很多畫面：我看見一個身穿汗衫的男人，總喝得爛醉如泥，然後我看見他經常罵小傻跟我，說我倆一個是弱智，一個是瘋子，真是一對寶。後來我在睡覺，他又出現在我身旁，說：「讓爸爸舒服一下好不好？」我說不要，他打我，接著把我褲子脫下來，把手指頭伸進我尿尿的地方。接著他又脫下褲子，我看見可怕的畫面……

我不敢再想了……

爸爸……不，那男人的臉……很嚇人。

像惡魔。

噁心的惡魔。

一會，我又看見海龜父親，伸長脖子的他，笑吟吟的說：「吃飽了沒有？」一會又說，要我們早點回家，他很想我們……水母堂姊也來了，胖墩墩的她，在水中飄來飄去，並說：「玩夠了，要早點回家，海王國比人類世界好上千萬倍……」

到底何真何假？

到底海龜父親是不是我的父親？
我到底是誰？
我是魚還是人？
還是，
我根本只是瘋子？……

x8.紅色皮箱

當阿玫拖著紅色皮箱離開捷東的住處時，她以為自己不會哭。這紅色皮箱是他倆打算一起住時，捷東帶她去買的。同居是捷東提的，當時阿玫被性騷擾，發現房東在她房內裝上隱藏式攝影機，捷東不僅報警，還揍了房東一頓，接著就把阿玫接回去住。後來他們還帶著這紅色皮箱到日本、韓國和泰國遊玩，裡頭裝有兩人滿滿的回憶。

阿玫每次看到這紅色皮箱，就會想起捷東為自己揍房東的事，她雖不喜歡暴力，但還是很為這事感動，所以就算它舊了，仍捨不得將它丟棄。

阿玫為那封簡訊，跟捷東吵了一架。捷東表示自己不明白為何筱亞會傳那封簡訊，他跟筱亞只是很好的朋友而已，且他從來不向她隱藏這點。他跟阿玫說，就如之前他所坦承的一樣，過去的確深愛筱亞，但那都是過去的事。捷東猜想筱亞之所以這麼做是為寫作一事，他一直都知道筱亞是個不擇手段的人，但這部分他不打算向阿玫透露。

然而阿玫不相信。她覺得捷東太神祕，不肯真正與她交心，且絲毫不珍惜她，於是提出分手。當然，深愛捷東的她，分手的要求只是假警報。她內心其實相信捷東，因她根本無法承擔捷東有背叛她的可能性：她只是需要一個讓自己對捷東憤怒的理由。

然而令阿玫心寒的是，捷東竟說，他尊重她的決定。原因是他對阿玫不信任自己感到失望。他覺得兩人若無法彼此信任，不如就分開吧。阿玫對捷東的回應大感意外。啞口無言的她，僅征征看著他，無法置信眼前這自己深愛的男人，竟如此無情。

當阿玫在房內收拾時，捷東在隔壁書房內沉默著。房內裝滿兩人過去的點點滴滴，讓她忍不住一面收拾一面落淚。但隨即又將情緒撫平。她想故作堅強，她不能、也不想輸他。後來阿珍進來，表示自己對這局面難過不已。阿珍輕擁阿玫，她不爭氣的在阿珍肩上啜泣。阿珍知道目前她與捷東正處於冰點，不是勸和的時機，所以僅輕聲說：「想哭就哭出來吧！」。

阿翔開著一台白色Yaris來接她。阿玫提著紅色皮箱離開捷東家之際，身旁陪伴她的只有阿珍、老杜以及阿翔。然而她最重視的人卻沒出現。氣呼呼的阿翔要捷東下來說明白，但阿玫卻要他冷靜。她望一眼捷東房間窗戶，內心深深期盼他能下樓求她不要走。但他始終未現身。

她把目光移轉到蔚藍無雲的天空，是那樣的美，而她的心卻是那樣的疼，忍不住放聲大哭了起來。

y9.海鷗

他們飽餐一頓後，滿足的睡著了。只剩捷東跟我還有小傻尚無睡意，於是我們到堤防上的觀景台看海浪。海風徐徐吹著，很舒服。

大海很藍，沙灘很白，海鷗在天空悠遊，旁邊還有一隻拉不拉多犬，臃腫的牠看來很疲憊。一對親密情侶跟在牠身後，牽著手，甜蜜得令人羨慕。

小傻拿著熱狗，那是捷東買給他的。他先吃掉麵皮，剩下一根紅通通的熱狗，看來很好笑。我這時看捷東一眼，發現在陽光下的他，很迷人。他的臉好像發著光，像海裡的珍珠。

「捷東，」我問他，「你相信我嗎？」

「什麼事？」

「關於我是熱帶魚的事？」

捷東露出微笑。「我相信呀。」他輕摸我的臉，他的手掌很溫暖。

「真的相信嗎？」我又問。

「真的。」他說。

「捷東，」我又問，「你記得我們第一次的相遇嗎？」

「第一次相遇？」

「對，」我說，「第一次相遇。」

「我想，是在便利商店吧，那天下著雨，我看見妳跟弟弟坐在便利商店前——那是我們第一次相遇——不是嗎？」

「你不記得了嗎？」我問。

「什麼？難道，那不是我們第一次相遇？」

我搖頭。「有回我擱淺在海灘，你，好像才七、八歲吧，將我自海灘救起，並把我放回海王國，你不記得了嗎？」

捷東這時皺起眉。

「我還對你說聲『謝謝』，我記得當時你似乎聽到了我的聲音……」我說，「我因無法忘懷你，才從海王國來到人類世界尋你……」

捷東面露訝異神色。

「捷東，你不記得了嗎？」我問他，「這一切，你真的不記得了嗎？」

深夜

黃色燈光仍亮著。

大家都睡了，我卻睡不著。

我不斷想著捷東跟我說的話。

捷東說，他不記得了。他不記得曾站在海灘，不記得曾救過一隻熱帶魚，什麼都不記得了。

捷東說，他喜歡我，很喜歡很喜歡我，可是那是單純的喜歡，像哥哥對妹妹的疼愛。

他是我的哥哥。

他說：「我們之間並無愛情。」

捷東說，他很抱歉，若他讓我誤會的話。

「為何我們之間不能有愛情？」我問他。

「因妳對我而言，是妹妹。」捷東說。

「是因我年紀太小？」我問。

「或許是原因之一，但原因不重要。」他說，「重點是，我會永遠像哥哥一樣照顧妳。」

但是，我需要的是愛，要不然，60天之後，會有後果的。

捷東笑著說，別傻了，不會有後果的。接著又說，他保證他永遠都會是我的哥哥，會永遠照顧我的。

當他這麼跟我說時，我卻哭了。

我感覺眼淚自眼眶裡流出，燙燙的……

第48天　下午

接連幾天，我未與捷東連絡，也離開防空洞以躲避他。可是我無時無刻不思念他，然而一想到他，一陣難以忍受的痛楚便自內心傳來。但這痛楚究竟為何而來，我根本無從理解……

難道就因他說，他與我之間並無愛的存在？

愛是強大的力量，水母堂姊說的沒錯，但更可怕的是無法得到它的反撲力量，竟讓人類生不如死……

我帶著小傻四處流浪，餓了就向路人乞食，渴了就喝公共設施的開飲機。我們沒目的，渾渾噩噩的，因我們無處可去。

我後悔了……當初不該答應跟志鴻約會，被他嚇得四處亂竄，結果誤入人類世界；更要命的是，不該遇到捷東，不該想念他，不該有離開海王國的心。若這一切未發生，我還是一隻在海王國裡無憂無慮的熱帶魚……

我想回海王國……

可是，我找不到愛，找不到回家的路……

人類世界就像一處美麗而複雜的花園，我迷路了，徹徹底底的迷失了方向。我不知該如何返家，我好想念海龜父親、水母堂姊，甚至志鴻也好，我想念海王國的一切，但我再也回不去了……

這下午，我們再度坐在便利商店前，等待別人給我們食物。

只是，這裡的便利商店遇不到捷東，他不會出現在這裡。

小傻問我：「姊姊，為什麼我們不回防空洞呢？我好想念伯伯和阿姨他們，我們回防空洞好不好？……」

我說：「防空洞坍掉了，他們都死了。」

小傻說：「怎麼可能，妳騙我？」

我說：「小傻，你不也一直騙姐姐？你根本不會說話。」

第52天　早上

昨晚到現在，雨從未停歇。也許老天爺家裡水管壞了，卻找不到水電工，才一直下雨吧。

小傻跟我淋濕了。無計可施情況下，只好偷偷潛入松林國小。我買了一包科學麵，兩人坐在教室裡，分吃那包科學麵。小傻喜歡把所有調味料加進去，但實在太鹹，所以只加一半，小傻直抱怨麵沒味道，但為他健康著想，也只能這麼做。

把小傻哄睡後，自己卻無法入眠。我跑到教室後面，在書箱裡拿出一本名叫《美人魚》的故事書。書封上有座城堡，跟海龜父親的皇宮同樣漂亮，只是書上的美人魚好美好美，恐怕我連她的百分之一都比不上吧。

讀著讀著，我忽感訝異，我的人生際遇跟故事中的女主角實在太類似了。我們都住在海裡，也都愛上人類世界的男孩，且都因得不到愛而痛苦。而在最後，她因找不到愛，而化做泡泡消失在這世上。那麼，我若找不到愛，下場會不會也跟她一樣呢？

雨仍下著，我起身打算把窗戶關上。可是雨水竄了進來，打在我的臉上、身上還有腳上。雨越下越大，大得讓我以為自己身在海裡。我忍不住將雙手用力一撥，沒想到，我竟游了起來……

總算，我能回家了嗎？

我趕緊向小傻游去，抱起他，接著再單手游出窗外。我抬頭一看，夜空的星星變成一隻隻微笑發亮小魚。那是海王國的夥伴吧？

嘿，你們是我的夥伴嗎？

一閃一閃猶如在招喚我，我於是向他們游去，一面看著底下逐漸變小的城市。這時小傻忽醒了。我興奮的告訴他，姊姊找到回家的方法，我們能回家了。小傻聽聞露出雀躍表情。我們一直往上游，不停往上游，小傻也跟著撥動雙手。底下城市的燈光越發微弱，我知道我們越游越高。只不過那些像小魚的星星——我的夥伴們——看來仍好遠好遠……

永遠無法企及般的遠……

早上醒來時，我依然在這間教室裡，原來昨晚我只是游進了另個夢境，並未回到海王國，令我失落不已。

究竟哪一天，我才能真正醒在美麗的海王國呢？……

這時，我看一眼牆上時鐘，早上七點了。我們得趕緊離開，要不被警衛發現的話，就麻煩了。但小傻還在睡，我拍拍他的臉，試圖叫醒他。但他就是不醒。我用手背摸摸他的臉。糟糕，好燙。原來小傻生病了。

但我身上沒足夠的錢帶他看醫生。我真是個糟糕的姊姊。這下子該怎麼辦？我摸摸口袋，裡頭還有一點零錢。我該打電話給捷東嗎？這似乎也是唯一辦法。

我讓小傻在教室裡繼續睡，跑到學校的公共電話處打給捷東。

「喂？」

「喂？我捷東。」捷東應道，「請問您哪位？」

「我是阿香。」我說。

「阿香，是妳嗎？」捷東說，「我最近很擔心你們，我到防空洞找你們，卻找不到人，你們這幾天過得好不好？」

「坦白說，不是太好……」我說，「且小傻生病了。」

「小傻生病了？他怎麼了？」捷東著急的問。

「我不知道，總之，他一直睡，不管我怎麼叫，他都不醒，而且他好燙……可能發燒了。捷東怎麼辦？沒人能幫助我，我該怎麼辦？……」

「妳先別緊張？先告訴我，你們人在哪裡？」捷東問。

「松林國小。」我說。

「我馬上到。」捷東說。

掛上電話後，我立刻往校園大門奔去。天當時又下起了雨，地面頓時變得濕滑，讓我不小心跌了個跤。好痛好痛的……我忍不住放聲大哭。然而，就在下一秒，淚眼朦朧中，我看見前方落下的雨滴開始轉換方向，有規律的往中間游去，且逐漸發亮，它們是銀白色的，宛如具有生命的浮游生物，接著逐漸匯集，又慢慢形成一個人……

原來，那是捷東，他為我而來了。

我一看到他，竟忍不住淚水，抱著他就哭起來。我告訴捷東，這一切都是我的錯，是我沒照顧好小傻，讓他淋雨，才讓他生病的。我是個壞姊姊，世上最壞的姊姊……

「萬一小傻，我的弟弟，」我哭著說，「就這樣死掉怎麼辦？我該怎麼辦？……」

依然泛著銀白亮光的捷東，替我把沾黏在臉頰上的頭髮撥開，輕撫著我的臉，說：「別傻了，我不會允許任何壞事發生在你們身上的。」

x9.牛排館

那晚也在下雨，阿珍開著白色凌志來到新庄子的邊際驛站。阿玫與阿翔已在裡頭等候。自阿玫搬離捷東家後，便暫寓阿翔住所。而阿玫延畢了，倒非因成績不好，而是體育忘記修。這也讓她成為阿翔笑柄好一陣子。阿玫延畢後，便正式成為阿翔的生意夥伴，下午則唸書準備隔年的研究所考試。

兩人見阿珍的車抵達時，趕緊步出牛排館迎接。三人共撐一把大型藍傘走入店內。

「妳肚子都這麼大了。」阿玫說，「幹嘛還約我們出來呀？」

「還好啦！」阿珍說，「自我懷孕後，捷東他爸一直對我過分保護，我覺得自己都快被他悶死了。我需出來透透氣。」

「妳等等回去開車要小心哦。」阿玫說。

「別擔心。」阿珍說，「老天不會那麼殘忍的。」

三人入店內後便落座。接著點餐。不愛吃肉的阿玫，只點兒童餐的義大利麵。阿翔點了莎朗套餐，而阿珍則點了加厚型莎朗。

「我自懷孕後，成天想吃肉。幸好也懷男的。若懷女孩卻如此愛吃肉，那可嚇人了。」阿珍說。

阿玫露出笑容。

這時阿珍忽嘆口氣。

「怎麼了？」阿翔問。

「你們不知道，懷孕後，成天就想廁所。」阿珍說，「你們先坐一下，我去個廁所。」阿珍說完，站起身子往廁所走去。

自與捷東分手後，阿玫與阿翔和阿珍成了很好的朋友。三人經常聚餐聊天。阿翔有時很為自己未能早點與阿珍成為朋友感到可惜：他覺得阿珍是他所認識的人當中，最真摯的人。

沒一會，挺著肚子的阿珍便返回，一落座便說：「阿玫啊，妳真不考慮跟捷東再談談？」

「珍姐，妳又要跟我談那件事了嗎？」阿玫不耐煩的說。

「唉，我只是覺得你倆，因那封愚蠢的簡訊而分手很令人傷心耶。」阿珍說。

「最難過的時候已過去了……」阿翔說。

「真不再想念捷東？」

阿玫沉默下來。

阿珍嘆了口氣。「看你倆這樣，真令人難過。雖說我現在很幸福，但我也懂愛情的苦。其實我之所以嫁給老頭子，很大原因是不想再受苦吧。」

「其實我也對珍姐的愛情故事還挺有興趣的呢！」阿翔把手放在桌上，接著雙手支頤，故意裝可愛，說：「說說？」

阿珍點頭，說：「在嫁給老杜以前，我曾談過一場刻骨銘心的戀愛，或許可說是我人生中最美好的一次戀情。這麼說你們別誤會，我當然愛老杜，但你們知道，我跟老杜之間的愛情很和平，畢竟他是老頭子，來一次要等五天，能怎樣激情？」說完，阿珍噗哧笑了一聲。

「珍姐懷孕後尺度大開呦！」阿翔笑著說，「快說跟那刻骨銘心的他發生了什麼事？還有重點是，他帥不帥？」

「對方比我小五歲，在一間電子廠當ＦＡＥ。」阿珍說，「坦白說，長得是很帥。」

「那我更有興趣了。」阿翔又說，「快說快說！」

「怎麼說呢，總之他各方面條件都不錯，就是窮，月薪只有少少的32Ｋ，且他還租房子、騎摩托車。這麼說絕非看不起他，我是浪漫的人，才不在乎錢。你們也知道我以前是上櫃公司業務經理，薪水自然不差。在交往後，我想他一個大男人沒車很丟臉，所以幫他付altis頭期款，還出錢帶他去日本旅行，那還是他第一次出國咧。我一直覺得我們會有結果，你知道，我挺愛他的，不是外貌而已，是他個性很好。女人年紀越大會越希望另一半性情好。但有一天，他跪在我面前哭，說他跟公司工讀生亂搞，搞到連肚子都大了。而誇張的是，他跪我不是因愧疚，而是害怕，他說不知該怎麼辦，說她還在讀書，叫我幫他……」

「後來呢？」阿翔問。

「能怎樣？當然分手了。」阿珍拿起桌上餐包，洩恨似的咬了一口，「他本還打算跟我要錢讓那工讀生墮胎呢。」

「妳不會給了吧？」

「我是給了，但不是給他錢讓她墮胎，而是要他好好照顧她，別當個壞男人。」阿珍說，

「分手後不久，捷東他爸便來追我。我想，與其再當傻子，不如找個真正愛我的人。我想這決定也是正確的，現在的我很幸福。」

「看到外頭的凌志，誰都知道妳很幸福啦。」阿翔說。

「這麼說也通，但我真不是愛錢的人啦！」阿珍笑著說。

「知道啦，再講下去就此地無銀了。」阿翔也笑著說。

阿珍說到這時望向阿玫，說：「但我們情況完全不同，我是遇到爛人，你們卻因誤會而分手，未免也太令人感嘆。且我可跟妳保證，捷東不是壞男孩。甚至可說，他是我最不願相信會出軌的人。」阿珍這時摸阿玫的手，說：「坦白說，妳在家時，我們處得不好，但我現在還真喜歡妳呢！妳不在家我好寂寞。能不能跟捷東談談看？我好希望妳能回來。我的好妹妹，回來好嗎？我們再當家人。」

「珍姐，我們分手不只因那封簡訊，也不是單純誤會。我們之間很複雜，再談下去也沒意義……」阿玫喝口檸檬水。阿翔原也打算喝口檸檬水。不過他覺得水裡的檸檬絲看來像蚊子，於是把水杯推開。

這時服務生將餐點依序上桌。阿珍的牛排厚度幾乎是阿翔的兩倍。

「他這陣子過得好嗎？」阿玫拿起叉子時忽問。

「過得好不好？可能要問他吧。」阿珍說，「我能說的是，他變得很沉默。」

「他一向不愛說話啊。」阿玫說。

「看到這肉我可就受不了了。」阿珍俐落切起牛排，一口送進嘴裡，一邊嚼一邊說：「我知道他寡言。我的意思是，他現在變得很自閉。我好幾次想跟他說話，但他的回答都超短，不是『對』、『是』就是『嗯』吧。其實我有點擔心他，會不會病了但自己不知道。」

阿玫沉默下來，用叉子捲了捲盤子裡的義大利麵。

「阿翔，你也幫我勸勸阿玫嘛。」阿珍說，「你難道不覺得他倆很可惜嗎？」

阿翔拿起桌上的海鹽罐，往牛排上轉了轉，發出喀嗤喀嗤聲響，一面說：「這我倒不予置評。畢竟連電話一通也沒來，未免也太殘忍。況且阿玫跟我在一起也很好不是嗎？」說到這時他轉向阿玫，說：「阿玫，妳跟我住一起後，是不是比之前快樂了？」

「這不一樣呀。」阿珍說，「跟你這假男人在一起能有什麼快樂？」說完，阿珍戲謔的笑了笑。

「我們除了怕妳們那玩意外，其實也跟一般男人一樣啊，甚至我們更懂女人呢。」阿翔說。

「說的也是，同志若能愛女人，對女人而言，大概就是完美的生物了。」阿珍說。

「而且重點是，她不必再看見那賤女──喔，我是說那個美女小說家──筱亞。」阿翔說，「說到她，最近可真紅。那本奇怪的書到底在紅什麼？我實在搞不懂。果然，這世界紅得都是些賤人。」

「不過坦白說，那本書寫得挺有趣的！」阿珍說，「我倒是看得滿過癮的。」

「我還真意外妳讀過呢！」阿翔說。

「難得認識名人，怎麼可能不讀一下？」阿珍說，「我雖也不喜歡筱亞──我覺得她是一個目的性很重的人──但不得不承認她確實是個才女。但坦白說，我真不相信捷東與她會有一腿。捷東眼光不至那麼低吧？況且捷東這陣子也沒與她聯絡呢。」

阿翔露出質疑表情。「完全沒連絡？」

阿珍點頭。

「筱亞也沒跟捷東連絡？」阿翔又問。

「至於她有沒有私下跟捷東連絡，這我就不知道了。」阿珍說。

「別再提那個人了好嗎？」沉默許久的阿玫說。

y10. 小精靈

幸好在診斷後，醫生說小傻只是感冒，並無大礙，並在打完退燒針後，整個人精神許多，讓我一顆懸宕的心總算放下。

離開診所之際，捷東開口要我們跟他回家，至少待到小傻康復為止，並也保證不會再有人打擾我們。我看著在捷東懷裡睡得如此安詳的小傻，當然也無法婉拒了。

回程中，經過一片長滿油菜花的農田，無數盛開黃豔豔的小花朵隨風擺動，猶如萬頭鑽動的小精靈一樣。捷東見我看得出神，於是停車，把車窗搖下。一陣被太陽烤過的暖風吹來，讓我們都掉進了黃色精靈的懷抱裡。

捷東跟我說，油菜花的命運大概是隨整地犁田而變成可憐的肥料。我深感同情，於是下車摘了幾朵，然後別在捷東和小傻的耳朵上。他倆笑得很開心。

我想，當讓人開心的裝飾品，至少比被碎屍萬段還要好一點吧？

這一次進捷東家，他家依然漂亮。小傻儘管一臉病容，仍很興奮，不斷吐著泡泡。捷東讓我們坐上沙發，自己走向冰箱，拿出鮮奶，接著放入微波爐。一會後，我聽見叮的一聲。

同時，客廳的門忽被打開，接著走進一位頭上綁著一個大型紅色蝴蝶結的女孩，讓我嚇了一跳。捷東向我們介紹，她是米妮姊姊，是他最好的朋友，來照顧小傻的。捷東才說不會有人來打擾我們，怎麼這下子又說謊！

不過坦白說，米妮不僅很漂亮，還是好人。她不但讓小傻順利吃下藥，還幫他洗澡。小傻在她無微不至照顧下，元氣恢復不少。

晚上吃飯時，米妮做了一桌子的豐盛菜餚。我無法說她的廚藝不好，畢竟的確很好吃。就連生病的小傻都吃得下，還吃得十分高興咧。哦，也許只是他本身不挑食就是。

但我很好奇捷東與米妮的關係。他們看來很親密。且米妮一來到這裡，就熱情款待我們，宛然一副女主人的樣子。而且捷東似乎也非常喜歡她。

「阿香，我還沒正式跟妳介紹自己呢！」米妮說，「我是米妮，捷東哥哥很要好的朋友。妳知道米老鼠的女朋友米妮嗎？」說完，她用手晃晃她頭上的紅色蝴蝶結。

「我不知道。」我不耐煩的說。

她用手機找出米妮照片，擱在我面前，說：「米妮就長這樣，紅色蝴蝶結是她的招牌，所以我也常常戴著紅色蝴蝶結哦。」

我淡淡說聲「哦」。

米妮接著跟我提到熱帶魚的事，問我是不是真從海王國來的，還說她跟捷東一樣，願相信我的故事。她問這些事時，一副煞有介事的樣子，讓我想到節目上的那些人。我感到噁心。

我故意把臉垮下，質問捷東：「你為何老跟別人透露我的事？」

「米妮不是別人，」捷東說，「不要緊的。」

「要不要緊是我決定，你不應未經別人同意，就把別人的秘密透漏出去。」

他倆彼此交換尷尬的眼神。

「若我也把你缺一隻腳的事到處跟別人說呢？你會不會不高興？」我說，「捷東，你真差勁！」

說完這句話，我憤憤不平帶著小傻離開餐桌，留下尷尬的他倆。其實我並非真為此事生氣，只是想讓捷東在意而已。

我把小傻哄睡後，自己卻睡不著。這時，窗外又傳來雨聲。我把窗戶打開，外頭的雨滴彷彿在招喚我。我試圖像上次那樣游出窗外，卻怎麼樣也游不出去。原來，在錯誤的夢境裡，就算再簡單的事，都會成為不可能。

這時，我聽見敲門聲，我把門打開，外頭是端著鮮奶的米妮。

「我能進來嗎？」她問。

我走回床邊，坐下。

她走了進來，說：「開著窗戶不冷嗎？雨水都竄進來了哦。」說完，她往窗戶走去，打算關上窗戶。

「不要關，我想回家。」我說。

「什麼？」她納悶問。

「總之，不要關。」我重複道。

「好吧。」她說，向我走來，並把鮮奶給我。「捷東告訴我，妳喜歡喝鮮奶？」

我一聲不吭接過鮮奶。

「阿香，我想問妳，妳是不是很討厭我呢？」

「沒有。」我說。

「其實我不是壞人……」她說。

「那不關我的事。」

「妳仍因捷東把妳的事告訴我而不高興嗎？」她又問。

「是又怎樣？不是又怎樣？」我不耐煩的說。

米妮忽露出笑容。

我納悶。「妳笑什麼？」

「捷東跟我說過，跟妳說話要小心一點，因妳很能說話。」

「那什麼意思？」

「我想捷東是說，妳很聰明的意思吧。」

「我很笨，小傻才是真正聰明的人。很多時候，都是他給我建議的。」

米妮看一眼在床上熟睡的小傻，並伸手撫摸他額頭。

「小傻好可愛的……」米妮說，「阿香，一個人帶著弟弟，不會辛苦嗎？」

「不會。」我說。

「真不會嗎？」她又問。

「我說不會就不會，」我說，「且就算會，也不關妳的事。」

米妮這時似乎因我的回答而失落不已，讓我稍感歉疚。

沉默半晌，米妮說：「我相信獨力帶著弟弟求生存，妳肯定吃過很多苦頭，何況妳年紀還小……有時我也覺得這世界不容易，對每個人而言都如此。妳知道嗎？以前我也是一個人長大哦，我不知道我的爸媽是誰，只知道自己身邊有一個米妮娃娃。以前院長跟我說，那米妮娃娃是跟著我來到育幼院的，可能是我父母留給我的……」

「妳的事跟我沒關係，我比妳幸福多了，我有海龜爸爸還有弟弟小傻。」我說。

米妮這時露出微笑。我在她眼裡看見淚水。她接著說：「若妳說的一切屬實，我會很替妳高興的。畢竟身邊若有更多在乎自己的人存在，似乎就不那麼令人恐懼了。」

「妳跟說我這些幹嘛？」我問。

「總之，我只希望妳知道，捷東跟我都是妳的朋友，妳並不孤單。」

「我本就不孤單，我跟妳說過了，我有海龜父親還有小傻，而且我家是超級大的皇宮呢。」

米妮又露出微笑點點頭。我從米妮的笑容裡，知道她真不是壞人。

「妳……跟捷東是什麼關係？」我問。

「我們的關係呀，很有歷史了。」她笑著說，「他跟我認識，是在三年前，我們在……」

「算了。」我說，「我根本不想知道。」說完，我把鮮奶喝完，並跟米妮說自己累了，想睡了。

「若是如此，」她說，「我就不打擾妳了。不過妳要記得，妳永遠不孤單。若需幫助時，一定要跟捷東或我說好嗎？」

在米妮離開後，我開始翻箱倒櫃。我想找到一些東西，來證明那件我不願相信的事實。後來，我在衣櫃的抽屜裡看到一本相本，打開，發現裡頭的每張照片都是捷東與她的合照。他倆笑得甜蜜無比，就像在薰衣草森林裡的那些情侶。

這讓我想起捷東在薰衣草森林跟我說的，他曾愛過一個人。

原來，那人就是米妮？

x10.人形立牌

那晚捷東獨自在便利商店吃過三明治，回途經過金石堂之際，又看到那本書。

暗紅色書皮，以銳利粗黑體寫著「冷漠」兩個大字，再配上一張哭泣少女的臉，讓經過路人都忍不住駐足觀看。但這回書架旁，還多了人型立牌，大概是書賣得太好，才有的第二波宣傳吧。

那立牌是一個身穿艷紅色套裝的美麗女子。她手持黑槍抵著自己太陽穴，表情是一種深切的不在乎，猶如就算死了也不足惜。

捷東看見那人型立牌時，先是愣了會，下一秒，不知怎的，臉上竟閃過一抹冷笑。

她以同樣的筆名發表，不過書腰上稱其為「愛情小說家筱亞的第一本真正小說」，而書名呢，就叫《冷漠》，似乎有向卡波堤致敬的味道。

「筆觸溫柔而浪漫，但在敘述上，卻相當客觀而直接。」一個文學批評家說，「其中最令人驚艷的是，作者對目擊者的行為做了十分有力量的批判，讓讀者可從另個角度思考。無庸置疑是一本難得的佳作。」然而，也有批評家大罵，表示《冷漠》是部虛偽至極的作品；他認為筱亞本身也跟《目擊者》的作者一樣，利用他人悲劇謀名奪利，甚至更卑鄙，她還打著正義旗幟，直叫人做噁。

不僅如此，《目擊者》作者們也對筱亞深感不滿。他們認為筱亞沒資格批評自己。玻璃廠老闆娘在記者的訪問下，淚眼婆娑的質問筱亞：「因妳的這本書，我被全台灣的人認為我是個冷漠又自私的人。但我年輕時是苦過來的，我懂得貧窮的苦，所以我待人一向很好，尤其我的員工。我們公司連續幾年都獲得資優企業提名，記者你們看看……」說到這時，她秀出一張張獎狀，接著又拿出一堆黑人孩童照，說：「還有，這些是我認養的孩童，我是為善不欲人知的人，我何以冷漠呢？筱亞小姐，做人可要有良心啊，不要為出名而傷害無辜又善良的人們……」而銀行職員和警衛則表示，他們認為人們有「知」的權利，而他們所做的，也只是讓眾人擁有他們的權利而已。他們認為筱亞把自己形容得如此不堪，實在有失厚道。而油漆工則因太太總算受不了他的壞脾氣而離開他，鎮日就是借酒澆愁。當記者去他家訪問時，手拿酒瓶、身穿汗衫的他竟對鏡頭大罵髒話，甚至以酒瓶攻擊記者。

「妳說我們消費那可憐少女，那麼妳呢？妳為何出書呢？這一切跟妳更沒關係，難道不是嗎？況且我們一毛版稅都沒拿，全捐給慈善機構了。我們冷漠嗎？請問筱亞妳又做了什麼？」目擊者中的大學女孩密兒也在臉書上反擊，並在文章下放上一張可愛嘛嘴挑釁照，彷彿在跟筱亞下戰帖。事實上，所有目擊者在出書熱潮後不再是媒體寵兒，僅剩密兒。她可說是此事件最大受益者。很懂得借力使力的她，經常在臉書針砭時事，並自詡新一代意見領袖者。

筱亞本身算有風度，從不對他人評論費唇舌，事後有記者詢問密兒向她下戰帖的事，她僅露出不屑神情「嘖」一聲，彷彿密兒根本不夠格讓她評論。這舉動讓密兒粉絲大感火光，於是引發兩派粉絲網路大戰，再一次鬧上新聞版面。

儘管如此，總的來說，《冷漠》在評論家的心中，的確是一本有力量的小說，而筱亞也成功扭轉自己形象。

但筱亞的下一本書在哪裡呢？是否還繼續寫愛情小說呢？她在受訪中說：「愛情故事需更

年輕的人來寫了。我的時間已過去，無法再厚臉皮佔據這塊市場。如同我的一個好朋友一樣，我也在等真正的故事到來。我無法預測它來臨的時間，或許就端看未來是否有更有趣的悲劇發生了吧。」

那次受訪中，筱亞與一個西裝筆挺的男人共同受訪。捷東後來看到時，覺得他十分眼熟。筱亞不但在訪談中談書，仍堅持立場批判那些目擊者好出風頭的態度，甚至大力抨擊《目擊者》的出版立場極其畸形。共同受訪的男人聞言，忍不住皺眉，並坦承《目擊者》的出版的確是場災難，也因此他才再請筱亞撰寫《冷漠》，以亡羊補牢。

捷東這才想到，《冷漠》與《目擊者》是由同一間出版社發行的，而那男人正是那兩本書的編者，也就是該出版社的總編輯。這類似重複鞭屍的行為，讓捷東不以為然。他本以為筱亞會不留情面斥責他；但令捷東意外的是，筱亞竟報以曖昧微笑。捷東這才懂，原來他倆關係非比尋常。

捷東花了一千五把筱亞的人型立牌買回家。當他揹著人型立牌走在街上時，路人都投以異樣眼光，以為他是個變態。

他把筱亞立牌擱在床前，自己坐在床沿，一面按摩殘肢，一面看著筱亞的臉。霎時，一陣疼痛自他殘肢傳來。他起身，拿出抽屜裡的止痛藥，吃下一顆。他忽而有了睡意，但只睡了五分鐘就醒來。

人型立牌這時已變真人，且坐在捷東對面，手上理所當然握有一把抵著自己太陽穴的黑槍。奇怪的是，她理應是筱亞，但捷東就是覺得她不對勁。原來，她的臉正逐漸改變。下一刻，捷東才發現，她不是筱亞，而是阿玫。

以黑槍抵著自己太陽穴的阿玫，哭著問捷東：「為何我們要因這膚淺的賤女人分手呢？為何你要放棄我呢？」又說自己太傻，也說捷東太笨，接著聲嘶力竭的嚎啕大哭……

捷東一臉板滯的看著阿玫，無從分辨這一切是現實還是夢境。

下一刻，阿玫朝自己腦袋開了一槍。

y11.彩色泡泡

原來捷東一直騙我。

想必捷東跟米妮就是情侶吧。捷東肯定是因為她，而無法愛我，跟年紀毫無關係。看到照片後，我很生氣，於是把照片撕得稀巴爛，再把捧著撕爛的照片的雙手伸出窗外，並將雙掌攤平，一下子，帶著霏霏雨絲的微風把照片吹離我的手掌，像雪花一樣，飄落到街道上……

清晨時分，我帶著小傻悄悄離開捷東家。仍下著雨，暗暗的街道不時反射路燈倒影，猶如街道在哭，淚光閃閃。但也許是我在哭也不一定。

我想起在松林國小讀過的那本《美人魚》。她最後因無法得到王子的愛，又無法狠心下手殺害王子而變成泡泡。那麼，我是不是該殺了她？那佔據捷東的心的她？也許我殺了她之後，就能得到捷東的心，能找到愛，小傻跟我就能得救……但真能如此嗎？捷東會因此愛我嗎？儘管她是愛管閒事又囉嗦的臭婊子，但她是無辜的，且她又對小傻那麼好。此外，我又有什麼權力殺了她呢？海王國的人絕非如此惡毒的。

小傻與我再度回到街道，我們漫無目地的走著。從清晨走到夜晚，再從夜晚走到清晨……一面聽著時間倒數的我們，走過一排又一排的街道……

誰知道，後來我們又回到捷東的家前。

我再看一眼捷東的家，還是漂亮極了，猶如城堡一樣。

第59日　夜晚

明天是我們在人類世界的最後一天。這晚我特地返回防空洞，打算跟他們道別。我知道他們一定會試圖把我們留下，所以我不敢在白天來，且明天就是第60天，我們不能在這裡待著。

誰知後果會如何？搞不好我們會像死去鯨魚一樣自體爆炸，並把整個防空洞炸坍也不一定。或者我們會患上超級可怕的致命疾病，而傳染給他們。若如此，我們不正把他們給找來陪葬了？他們都是秉性善良的好人。我不能這樣對待他們。

我把晚上買來的珍珠奶茶放在裡面。那是我用最後乞討的錢買來的。我希望他們能喜歡。

淑麗這時又在喊那名字。她到底做了什麼夢？那名字的主人究竟是誰？我想我永遠不會有答案了。

我衷心希望她能找到他，又或者若她不想再見到他的話，我衷心希望那人永遠消失。我也祝福阿郎跟阿炮每次出去偷東西都能順利，不要被人逮到。至於三八花，她大概不需我的祝福吧。但我仍祝福她永遠安好。

在我們走出防空洞之際，我聽見淑麗喊起我的名字，且問：「阿香，是妳回來了嗎？妳跟小傻都還好嗎？」幸好她的眼睛仍閉著。

我站在洞口輕聲回覆：「是的，是我們。淑麗阿姨請不用擔心，我們都很好。」

「那就好。」淑麗說。

接著一切又安靜下來。只剩阿郎與阿炮的打呼聲，及三八花的磨牙聲。那聲音讓我很有安全感，猶如回到海王國。

「就這樣嗎？」小傻問我。

我點頭。

「我會想念他們的。」小傻說。

「我也是。」我說。

第60日　上午

我們想在後果來臨前再吃一碗拉麵，但身上未有足夠的錢，於是我們到便利商店打算買科學麵當拉麵吃。我在拿紙碗時，一個高瘦、滿臉痘子的店員一直看著我，後來跟我說，沒買關東煮不能使用紙碗，也不能裝裡面的湯。我於是夾起一塊蘿蔔，切成兩半，與小傻一人一半。結帳時，他用奇怪眼神看著我。但我不在意，反正我付了錢，符合他們規矩就好。也許奇怪的人根本是他自己呢！

這一次或許是我們最後一次吃科學麵了，所以我讓小傻把所有調味料加進入。他嘻嘻笑了起來，說：「這樣才夠味嘛！」剩下的錢還足夠買一顆茶葉蛋。我把蛋剝成兩半，一半給小傻，一半留給自己。當我們把一半的蛋放上麵時，儘管陽春點，看來真有幾分像拉麵呢。

當我們坐在便利商店前準備享用時，旁邊出現一隻似曾相識的脫毛狗。牠身上一點毛也沒有，看來好冷。牠正飢腸轆轆的看著我們。我知道肚子餓不好受，於是把我的一半茶葉蛋給了牠。不過牠在聞過後，卻不吃。

「你不餓嗎？」我問那隻脫毛狗。

牠不屑的看我一眼，然後轉身離開。

小傻看著我，說：「好有個性的狗。」

我點點頭。「不過，若牠不餓，就不該飢腸轆轆的看著我。」我說，把茶葉蛋撿起，放回碗裡。

「牠有飢腸轆轆的看著妳嗎？」小傻露出納悶神情。

「沒有嗎？」我問。

小傻聳聳肩。

第60日　下午

小傻跟我坐在堤防的觀景台上，一起聽著捷東MP3裡的那首《蝴蝶飛呀》。此刻並未下雨，不過天空灰黝一片，應隨時都有下雨的可能。且氣溫很低的，我若吹氣，可見白霧自嘴裡飄出，猶如氣態的雪。

今日是小傻跟我在人類世界的第六十天。水母堂姐說，我們若找不到愛，會有後果的。也許很快我們就會遭逢厄運，但今日卻跟平常並無二致，海浪依舊漂亮，一陣又一陣的打來，化作泡沫後，又退回海裡……

愛，是什麼？

我到現在仍迷惘不已。

我只知道我很喜歡捷東，在沒看見捷東的日子裡會想念他。我的心一直掛念著他，猶如沒看到他，就會死掉一樣。

難道，這就是愛？

可是，捷東為何不能愛我？他說我是他最親愛的妹妹，我們之間不會有愛情。那什麼樣的人之間才配有愛情呢？這問題我大概永遠也不會有答案，就像人類世界的諸多事情，讓我摸不著頭緒。

我知道他有一個深愛的她。那讓我好痛好痛，痛到不想活。但我依然祝福他們，因若捷東不開心，我的心也會痛。我希望他與那婊子能永遠幸福下去……

這時，耳機裡的音樂驟然停止，螢幕的綠光也隨之暗去。

「姊姊，沒有音樂了。」小傻露出納悶表情看著我。

「可能沒有電了。」

我將小傻與我耳中的耳機拿下。

「姊姊，我好害怕，今天是第六十天，我們該怎麼辦？」小傻說，「那個後果到底是什麼？我們會死掉嗎？」

「我也不知道，但小傻別怕，姊姊會陪著你的。」我試圖安慰小傻。

「大海就在前面，我們的家就在前面，我們卻回不去……」小傻難過不已。

「姊姊很抱歉也把你拖下水。」我說，「你不應跟著我來的。」

「我是捨不得姊姊，才會跟著姊姊來到人類世界的。」小傻說，「但我一點也不覺得難過，因為我喜歡跟姊姊在一起。就算有後果，我還是喜歡跟姊姊在一起……」

「你真是個小傻蛋。」我說，並把小傻摟入懷裡，「對不起，姊姊把你帶來世上，卻沒好好照顧你。」

「妳是世上最好的姊姊……」小傻說。

這時，海面上飄起好多好多的彩色泡泡。它們就像我們之前所看到的鑽石雨水一樣，也是彩色繽紛，紅、橙、黃、綠好多好多的顏色……它們就像深海水母，以忽大忽小的朦朧狀態，無比優雅的浮游在空中，有種令人無法置信的美。

難道這正是後果嗎？我的下場就是化做彩色泡泡，而迷茫茫的消失在這世界上嗎？……

我忽感到好冷好冷。一整夜沒睡，我很睏了。

「小傻，不好意思，姊姊好累好累，可以先睡一下嗎？」我對小傻說。

「&##@^&%$@$……」小傻說。

「小傻，你說什麼？姊姊聽不懂。」我說。

「&##@^&%$@$……」小傻仍說著我聽不懂的語言，接著又吐出一堆泡泡。

「還有你不要再吐泡泡了，以後若沒人幫你擦乾淨，那該怎麼辦呢？」我用手將小傻嘴邊泡泡拭去，但我真的好累好累。

「小傻，姊姊先睡一會……」

x11.蝴蝶

那早阿玟一如平日跟阿翔一起賣早餐。正當她把熱呼呼的貝果從烤箱裡拿出時，車內喇叭傳出一首熟悉的歌《蝴蝶飛呀》，那是捷東最愛的歌。阿玟忍不住跟著哼唱。

一轉身，她見到多月未見的捷東。

兩人互看許久。

阿玟原打算若無其事問候他。但發現自己根本無法說話，覺得自己從頭到腳都在麻，麻到她想吐，甚至感覺自己就快暈倒。

不知過多久，捷東才開口：「阿玟，我想帶妳去個地方，妳願意跟我去嗎？」

阿玟稍感訝異。

「什麼地方？」阿玟故做冷漠的問。

「這是秘密。」捷東說，「去了妳就會明白，願去嗎？」

阿玫很感好奇。但她不能立刻回應，這有關尊嚴問題。

她刻意沉默半晌，說：「我只下午有空。」

「那麼我下午一點接妳，好嗎？」捷東說。

阿玫從十二點起就在樓上觀望，不斷往窗外看去的樣子，就像在等戶外教學遊覽車的小女生一樣。坐在她床上的阿翔覺得她十分滑稽，卻也同情她，大概只有他知道，阿玫的心一直在捷東那裡。她特地換上捷東之前買給她的黃色小洋裝。不過又脫掉，她擔心捷東會發現她的刻意。身穿白色內衣褲的她坐在床上問阿翔的意見。阿翔告訴她，若穿上對方最愛的衣服，確實太明顯。至於是否穿，阿翔說，她應傾聽自己內心聲音。阿玫聽了點頭，走向衣櫃拿出另套藍色洋裝。

果然，在十二點四十分，捷東的車便出現。隨即她的電話響了起來。阿玫拿起手機，確認是捷東打來的，感到安心不少。不過她不打算接，把電話丟到床上，任憑它響。阿玫走到鏡子前，注視著自己，這套藍色洋裝讓她看來非常纖細，阿玫很滿意，決定就穿這件與捷東出去。

她走到床邊，拿起手機與包包，跟阿翔點個頭，步出房門。阿翔聽見她高跟鞋下樓的聲音。半晌，卻傳出匆忙爬梯聲。阿玫碰一聲打開房門，衝到櫃子前，把藍色洋裝脫下，再換上黃色洋裝。

當她上捷東的車後，一時之間竟語塞，捷東也一語未發，兩人就這麼沉默著。上了竹北交流道後，捷東北上，接著下湖口交流道，再從建興路往西濱方向開。

正當阿玫打算問他們的目的地之際，捷東忽向阿玫說起他所謂的秘密……

原來在槍擊事件後，少女成了植物人。捷東每週固定到療養院探望她三次，但他不希望別人知道，因此未告訴阿玫，才讓阿玫覺得他神秘。他來療養院陪少女是怕她太寂寞：畢竟她那禽獸父親在入獄後不久即癌逝，而她越籍母親也同步人間蒸發。阿香是徹底寂寞的，猶如飄浮在世界中、被遺忘的人間垃圾。阿玫在聽完捷東描述後，忍不住哽咽。

接著捷東向阿玫說明自己跟筱亞的關係。他說他自始至終未曾背叛她，但他不能否認的是，筱亞確實是他生命中最重要的朋友。捷東說，筱亞對他而言甚至已超過朋友，是親人，且是他人生中唯一真正的親人。未來他想維持這份關係，他認為若與她切割，等同於跟自己過去的一段人生切割，而他在人生中已失去太多，不願再失去了。她問阿玫是否同意。阿玫點頭，但也需捷東保證，未來不再有任何事隱瞞自己。她說自己再也受不了需猜忌的戀情。捷東同意。

療養院在一片田野中間，附近什麼建築物都沒有，彷彿童話故事裡的深山城堡。大門敞開著，捷東直接將車駛進療養院。兩人下車。一陣涼風吹來，阿玫覺得風裡有股泥土的香味，也有海的味道。阿玫的嗅覺並無問題，大概在一公里外，就是新豐著名的紅毛港。

捷東與阿玫一到療養院大廳，身穿蠟筆小新T恤的小男孩立刻跑了過來。捷東將他抱起。

「他就是小傻。」捷東對阿玫說，「阿香最疼愛的寶貝。」

阿玫摸摸小傻臉頰，但害羞的他將臉埋入捷東肩膀。阿玫問小傻叫什麼名字，但他只呼嚕呼嚕吐著泡泡。

「阿東，這位小姐是誰呀？」療養院裡頂著一頭蓬髮的中年瘦女人問。她叫阿花，是療養院裡的護士。

捷東微微一笑，說：「她是我的女朋友，叫阿玫，今天我特地帶她來探望阿香和小傻。」

「女朋友？」旁邊另個中年女人問。她年紀比阿花大上幾歲，叫淑麗。她是小傻的領養人，也是她帶小傻來療養院的。「你怎麼都沒跟我們提過？害我還一直想替你介紹女朋友呢！」

「捷東若需介紹，這世界的其他男人大概都得相親了。」說這話的人是阿郎，療養院老闆，同時也是淑麗丈夫。他與淑麗都是彼此的第二任伴侶。兩人因年紀已大，原不打算再婚，後因打算領養小傻，才註冊結婚。

「大家好，很高興認識大家。」阿玫羞赧的說，「這比薩是捷東特地買的，他說你們最愛吃比薩了。」

阿花接過比薩，一面對阿玫說：「捷東就是這般體貼，真是好男人，妳可真幸運。」

阿玫露出靦腆笑容。

眾人寒暄幾句後，抱著小傻的捷東與阿玫來到60號房，阿香的房間。

阿香就在裡頭。插著鼻管又光頭的她躺在床上時日已久，面容及身體都已變形，令人十分不捨。

裡頭有個矮瘦的中年男人在修理夜燈開關。他一見捷東與阿玫，便說：「不好意思，我待會就離開。這夜燈開關壞了。阿香早已習慣有這盞黃色夜燈陪伴，擔心她晚上會怕，我得趕緊修好……」

捷東對他說；「炮哥，你慢慢來，不要緊。」

捷東這時把小傻放下。他一下子就爬上阿香的床，坐在阿香腳邊。捷東從黑色手提袋裡拿出一瓶鮮奶，遞給小傻，但他仍打不開。捷東幫他打開後，小傻咕嚕一聲喝下好大一口，接著吐出一堆泡泡。阿玫見狀，忍不住掩嘴而笑。

阿玫走到窗邊，把白色花瓶拿下，到廁所裝水。又折回，將花瓶放回原位。

炮哥這時已將開關修好，正收拾著工具箱。他跟捷東打聲招呼後，離開阿香房間。

阿玫看著阿香，眼淚不自覺流了出來。捷東注意到了，輕攏阿玫肩膀。

捷東陪伴阿香時，總會在她床邊讀故事給她聽，並一面播放小虎隊的〈蝴蝶飛呀〉。捷東多半選擇《美人魚》；選這故事當然是因阿香曾說自己是來自海王國的熱帶魚。巧的是，她每回聽這故事時都有反應，眼睛眨呀眨的，或許阿香真是從海王國來的吧。

捷東這回也一樣，拿起《美人魚》，準備唸給阿香聽。才唸沒一會，療養院的大家都走了進來。

「我恰好煮了鍋鴨湯。這鴨是我堂哥養的，可肥了。」手端一鍋鴨湯的阿郎說，「幸好阿炮尚未離開，大家一起配比薩吃吧。」

淑麗轉身從抽屜裡取出蠟筆小新圍兜，替小傻圍上，再從矮櫃上拿下一片披薩，遞給小傻。他一口咬下，配料卻掉滿身。阿玫趕緊抽出幾張面紙替小傻整理。淑麗連忙說：「我來我來……」但阿玫說：「沒關係的，我來整理吧。」未等阿玫整理好，小傻又咬一口，配料又掉滿身。

「小傻你要小心點，姐姐才幫你整理好你又掉滿身。」淑麗忍不住說，「以後長大吃東西若還這副德性，小心交不到女朋友哦。」

「我們小傻這麼帥，就算掉再多，也會迷死一堆少女的。」阿郎說，接著看向阿炮，說：「阿炮，對吧？」

阿炮點頭。

阿郎盛碗鴨湯給捷東，同時語重心長的說：「對了，昨天醫生來過了。他說最近阿香的情況不太穩定。這或許不是壞事。畢竟躺這麼久，也很辛苦的。早點離開，對她而言，也算解脫吧。」

捷東喝口湯，一陣濃郁薑味嗆得他不住咳嗽。

「我煮得這麼難喝啊？」阿郎開玩笑。

「不是不是。」捷東說，「我不慎嗆到。」

阿玫輕拍捷東背部。

阿花忽嘆口氣，說：「想當初，阿香的事正夯時，探望她的人絡繹不絕，還非得限定探訪人數不可，甚至還有人替她設立臉書專頁呢，現在都不知跑哪去了。」阿花說，「不過說到底，她所以受矚目也是因不斷被人消費。先前不是有目擊者出圖文書，目擊者之一的那小模，叫什麼名字來著，對對密兒，還找記者來我們這裡拍照，簡直把阿香當玩偶一樣，氣得我拿掃把將他們趕走。」阿花說到這時激動不已，圓睜雙眼在瘦弱臉頰上十分突出，彷彿就快掉出來。

「那天我恰好不在，」阿郎也說，「要不我肯定也跟妳一起趕他們。」

阿花嘆起氣，繼續說：「最近還有什麼電影大導演對阿香的故事感興趣，打算替阿香拍傳記。我實在很難理解，這到底有何意義？這些人在我看來都是一丘之貉，外表都如天鵝一樣善良，都表示自己想替她做點事。但我總認為他們如禿鷹，一口一口把她最後軀殼給吃掉……」

「還有那本爛書《冷漠》的作者不也一樣？」阿郎也說，「還厚臉皮找我，說要採訪我咧。」

「有時想想人生也真荒謬……」淑麗意味深長的說，「才十幾歲，就把人生苦楚給嚐遍了……」

阿郎拿起一塊比薩，咬一口，一面嚼一面說：「經營療養院久了，我認為這世界其實不缺錢，缺的是真正的愛與關懷吧。」

捷東微微一笑，說：「事實上，這世界的愛與關懷也遠比我們想像中來得多，甚至多得泛濫。說到底，世界或許從不真正缺乏了什麼。」

阿郎輕拍捷東肩膀，說：「總之，現在只剩你關心她，讓我們感動不已。我想那孩子這輩子唯一好事，大概就是遇見你吧。」

「也別這麼說，我沒這麼偉大。」捷東感到難為情，「我跟阿香一樣，只是害怕寂寞。」

這時阿香忽發出咕嚕聲。阿花趕緊走向前，說：「我們阿香在抗議了，不能再偷懶囉，需幫她抽痰了……」說完，她熟練的拿出抽痰管，先以碘酒消毒後，置入阿香脖子的氣切口，接著拿濕紙巾將她口鼻分泌物揩拭乾淨。在抽痰時，阿香神情扭曲，似乎很不舒服。

阿玫深感不忍。「房間有點悶呢！」她說，用手揩拭眼角淚水，接著走到窗邊，說：「今天天氣很好呢，我們把窗戶打開吧。」說完，她先把窗簾拉開，再把窗戶打開。

陽光灑了進來，整個房間明亮許多。窗外是一片農田，滿布盛開油菜花。

「好美的油菜花啊。」捷東說，「幸好把窗戶打開了，要不，我們也不知窗外有這般風景啊。」

「是啊。」阿玫說。

這時，忽有一群白色蝴蝶從窗外飛過，像一朵又一朵在風中飄揚的小白花。

「哇，蝴蝶。」阿玫說，「好漂亮哦。」

小傻也看到了，以油膩手指指向蝴蝶。他看來興奮不已，好像想起什麼一樣，嘴邊又呼嚕呼嚕吐出泡泡。

尾聲

因海龜父親盼不到女兒和兒子回家，故找前男友章魚巫師先生幫忙。兩人之前分手得相當難看，章魚巫師先生本不願幫忙的，但想到可愛的阿香和小傻如此可憐，最後仍決定幫忙。

他們以海王國傳統的「觀人間」的方式，搭了十個小時的噴射鯨魚，才好不容易衝破結界，來到人類世界。

「總算到這個鬼地方了！」海龜父親拍拍自己衣袖，並抖抖雙腳，接著環顧四周，說：「真是個令人毛骨悚然的地方。」

「別怕，有我在。」章魚巫師先生故做鎮定的說。不過從他眼神看來，可知他也十分害怕。

「我的女兒還有小傻呢？他們在哪？」海龜父親著急的問，「我們趕緊找到他們，然後離開這鬼地方吧。」

「別緊張，讓我看看。」章魚巫師先生說，接著從口袋裡拿出一個像羅盤一樣的東西。他往那東西吹口氣，立方體影像瞬間投射而出。章魚巫師先生仔細端詳著。

海龜父親忍不住催促：「你嘛幫幫忙，快一點，我連一秒都不想多待在這鬼地方。」

「你別吵啦。」章魚巫師先生忍不住抱怨。

半晌，他忽然說：「啊，有了有了，我看到他們了，就在附近而已。」接著，他指向十公尺外的一個觀景台。「就在那裡，那個觀景台！」

「阿香啊！」海龜父親聽聞，匆匆往觀景台跑去。章魚巫師先生緊跟在後。果然在那裡他們看見一個躺在地上的少女，而坐在她身旁的小男孩正在哭泣。

兩人抵達後，蹲在他們身旁。海龜父親不斷呼喊著兩人名字。但小傻見著海龜父親猶如不認識他一樣。無論他怎麼喊，小傻就是沒反應，兀自哭泣著。

「果真給你說中了，阿香動彈不得，而小傻也變成笨蛋了。」海龜父親說：「你的解藥呢？快拿出來呀。」

章魚巫師先生從西裝口袋裡拿出兩瓶黑色藥水，遞給海龜父親。

海龜父親打開其中一瓶，先讓小傻喝下。半晌，他呼嚕呼嚕吐出一堆泡泡，接著咳了一陣。最後他揉揉眼睛，看見海龜父親，忍不住擁抱他，並對父親說：「父親，你來找我們了，太好了，我們總算可以回海王國了。」

「對不起小傻，父親來得太遲了。」海龜父親說。

「姊姊，你快救姊姊，她睡了好久，怎麼叫都叫不起來。」小傻著急不已。

「別怕，父親這裡有解藥。」海龜父親說。接著扶起阿香，將黑色藥水往她嘴裡倒。

「妳快點起來吧。我的寶貝女兒。」海龜父親心急如焚的說。

但阿香毫無動靜。

海龜父親持續將黑色藥水倒入阿香嘴中。

仍無動靜。

海龜父親忍不住放聲大哭：「是不是我們來得太遲了，救不了她了……」

章魚巫師先生也露出擔憂神情。

然而，就在下一秒，阿香雙眼緩緩打了開來……

釀小說76　PG1101

人魚之夢

作　　者　馬　卡
責任編輯　李冠慶
圖文排版　周政緯
封面設計　王嵩賀

出版策劃　釀出版
製作發行　秀威資訊科技股份有限公司
114 台北市內湖區瑞光路76巷65號1樓
電話：+886-2-2796-3638　傳真：+886-2-2796-1377
服務信箱：service@showwe.com.tw
http://www.showwe.com.tw
郵政劃撥　19563868　戶名：秀威資訊科技股份有限公司
展售門市　國家書店【松江門市】
104 台北市中山區松江路209號1樓
電話：+886-2-2518-0207　傳真：+886-2-2518-0778
網路訂購　秀威網路書店：http://www.bodbooks.com.tw
國家網路書店：http://www.govbooks.com.tw
法律顧問　毛國樑　律師
總 經 銷　聯合發行股份有限公司
231新北市新店區寶橋路235巷6弄6號4F
電話：+886-2-2917-8022　傳真：+886-2-2915-6275

出版日期　2016年5月　BOD一版
定　　價　300元

Printed in Taiwan

國家圖書館出版品預行編目

人魚之夢 / 馬卡著. -- 一版. -- 臺北市 : 釀出版, 2016.05

面； 公分. -- (釀小說 ; 76)

BOD版

ISBN 978-986-445-102-9(平裝)

857.7 105003964

讀者回函卡

感謝您購買本書，為提升服務品質，請填妥以下資料，將讀者回函卡直接寄回或傳真本公司，收到您的寶貴意見後，我們會收藏記錄及檢討，謝謝！如您需要了解本公司最新出版書目、購書優惠或企劃活動，歡迎您上網查詢或下載相關資料：http:// www.showwe.com.tw

您購買的書名：________________________________

出生日期：________年________月________日

學歷：□高中（含）以下　□大專　□研究所（含）以上

職業：□製造業　□金融業　□資訊業　□軍警　□傳播業　□自由業
　　　□服務業　□公務員　□教職　□學生　□家管　□其它______

購書地點：□網路書店　□實體書店　□書展　□郵購　□贈閱　□其他

您從何得知本書的消息？

□網路書店　□實體書店　□網路搜尋　□電子報　□書訊　□雜誌
□傳播媒體　□親友推薦　□網站推薦　□部落格　□其他__________

您對本書的評價：（請填代號　1.非常滿意　2.滿意　3.尚可　4.再改進）

封面設計____　版面編排____　內容____　文／譯筆____　價格____

讀完書後您覺得：

□很有收穫　□有收穫　□收穫不多　□沒收穫

對我們的建議：________________________________

____

____

____

請貼
郵票

11466
台北市內湖區瑞光路 76 巷 65 號 1 樓
秀威資訊科技股份有限公司 收
BOD 數位出版事業部

....

（請沿線對折寄回，謝謝！）

姓　　名：＿＿＿＿＿＿＿＿＿＿＿＿＿　年齡：＿＿＿＿＿　性別：□女　□男

郵遞區號：□□□□□

地　　址：＿＿＿＿＿＿＿＿＿＿＿＿＿＿＿＿＿＿＿＿＿＿＿＿＿＿＿＿＿＿＿

聯絡電話：(日) ＿＿＿＿＿＿＿＿＿＿＿＿＿＿＿　(夜) ＿＿＿＿＿＿＿＿＿＿＿＿＿＿＿

E-mail：＿＿＿＿＿＿＿＿＿＿＿＿＿＿＿＿＿＿＿＿＿＿＿＿＿＿＿＿＿＿＿